회귀로

영웅독전

회귀로 영웅독점 **4**

초판 1쇄 인쇄일 2021년 02월 16일 | **초판 1쇄 발행일** 2021년 02월 22일

지은이 칼텍스 | **펴낸이** 곽동현 | **담당편집 팀장** 이범수
편집부 정요한 최훈영 조혜진

펴낸곳 (주)조은세상 | 출판등록 제2002-23호
주소 서울특별시 동작구 동작대로1길 27 5층
TEL 02)587-2966 | FAX 02)587-2922
E-mail bukdu@comics21c.co.kr

칼텍스ⓒ2021
ISBN 979-11-6591-619-0 | ISBN 979-11-6591-494-3(set)
값 8,000원

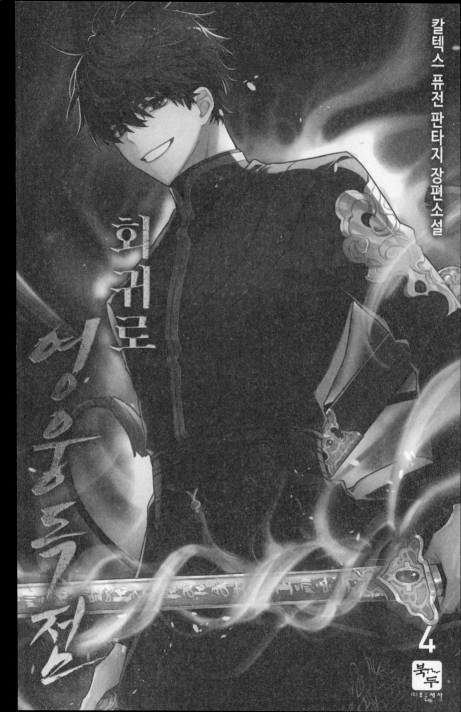

칼텍스 퓨전판타지 장편소설

FUSION FANTASY STORY

CONTENTS

Chapter 20.

함박눈이 내리던 1월이 지나가고 나와 아린이의 수련은 계속되었다.

무도복을 입은 아린이와 나는 눈을 가리고 할아버지를 따라 산에 올라가고 있었다.

빠르게 이동하는 중에도 육감을 제대로 느끼는 훈련이었다.

처음에는 열 걸음을 가기도 전에 넘어지거나 혹은 할아버지를 놓쳤으나 지금은 어느 정도 뒤를 따라갈 수 있었다.

집중력을 최대치로 유지해야 했기에 정신적으로는 죽을 맛이라는 게 단점이지만.

"좋아! 여기까지."

순식간에 산 정상에 올랐다.

내공은 그렇다 치더라도 외공의 수준은 전과 비교할 수 없을 정도로 성장했다.

근 넉 달을 쉬지 않고 수련만 했으니 성장하지 못한다면 그게 이상한 일이다.

외공은 재능보다는 노력의 영역이었으니 말이다.

"지금까지 잘 따라왔다. 이제 내년에 임무에 나가더라도 최악의 경우는 피할 수 있을 거다."

성무학관 2학년들은 하급 무사 자격으로 임무에 나가게 된다.

다른 학관과는 차별되는 성무학관만의 특전이었으나 단점도 존재했다.

실전 임무인 만큼 임무 도중 사망할 위험이 있었고, 드물지만 실제로 생도와 조 전체가 사망하는 사건도 한두 번뿐이지만 일어난 적이 있다.

아무리 천에 하나, 만에 하나라고 하지만 가족들로서는 불안할 수밖에 없는 일.

육감을 가르친 이유도 아마 그 때문일 것이다.

나와 아린이는 동시에 고개를 숙이며 말했다.

"감사합니다."

"좋다. 지금까지 배운 것을 잊지 말고 앞으로도 더욱 열심히 정진하거라."

청신에서의 지옥과도 같던 방학이 그렇게 끝났다.

◆ ◈ ◆

왕국 최대의 섬인 성도(成都)에는 암부의 본부인 성도표국
(成都鏢局)이 있었다.

천우진은 표국 앞에 서서 간판을 올려 보았다.

정돈이 안 된 꽁지머리에 더럽게 난 수염. 딱 봐도 거지꼴
이었으나 키가 크고 몸이 좋아 초라해 보이지는 않았다.

"오랜만이네."

거대한 표국에는 수많은 사람이 드나들었다.

전부 암부의 단원인 것은 아니다.

대부분은 표국을 이용하는 일반인이었고 암부의 무사들은
소수였다.

천우진은 기지개를 켜며 말했다.

"임무 좀 받으러 가 볼까?"

내부에 들어선 천우진은 새로운 임무를 받기 위해 암부의
단원들만 이용하는 부서로 향했다.

암부(暗部)의 임무는 선점하는 사람이 임자였다.

살수들만 모인 곳으로 이동하자 분위기가 달라졌다.

왁자지껄한 분위기는 없고 모두가 차분하다.

하지만 그곳의 사람들은 모두 철혈에 관해 이야기하고 있

었다.

암부의 한 단원이 이강진의 손자 암살에 실패해 지부가 전부 박살이 났다는 이야기였다.

천우진은 고개를 살짝 흔들며 말했다.

"어려운 임무를 이상한 놈이 선점했나 보네."

철혈의 행동은 경고였다.

손자를 한 번만 더 건드리면 암부는 이 세상에서 사라질 것이라고 말이다.

하지만 아직은 경고일 뿐이다.

아무리 철혈이라도 암부를 뿌리 뽑으려면 남은 인생을 전부 바쳐야 할 것이다.

'철혈도 알고 있겠지. 뿌리 뽑기는 힘들다는 걸.'

암부는 탄압이 시작되면 숨을 죽이고 있다가 다시 잡초처럼 일어났다.

어쨌든 수도권의 지부는 전부 박살이 났다.

앞으로 한동안은 새로운 의뢰가 들어오지 않을 것이다.

딱 좋을 때 왔다.

성도에 있는 의뢰마저 완전히 사라지기 전에 좋은 건수를 몇 개 맡아 놓을 필요가 있다.

천우진은 접수처에 가서 말했다.

"천우진이다. 의뢰를 받으러 왔는데."

그는 작은 증표를 꺼냈다.

암부의 단원이라면 누구나 가지고 있는 증표였다.

증표를 확인한 직원은 놀란 표정을 지으며 벌떡 일어났다.

"잠시만 기다려 주세요."

얼마 지나지 않아 접수원과 함께 한 여자가 내려왔다.

"천우진. 오랜만이다?"

곰방대를 입에 문 여자는 짧은 한복을 입고 있었고 머리는 말아 올려 비녀를 꽂고 있다.

피부가 많이 드러난 한복을 입고 있었으나 전신에 화려한 문신을 새겨 벗었다는 느낌이 들지 않을 정도였다.

천우진은 미소와 함께 말했다.

"예담 누님도 있었습니까?"

"그럼 내가 본부에 있지 어디 있나? 넌 또 돈이 다 떨어졌나 보네."

"그런 거죠."

"그래, 마침 잘 왔어. 요즘 선인 암살 의뢰가 많아. 전부 우리 주원이가 의뢰한 건데. 몇 개 집어 가."

예담은 고개를 까닥이며 접수원이 가져온 상자를 가리켰다.

안을 뒤져 보던 천우진은 의뢰 몇 개를 집어 들고는 말했다.

"아, 그 청신 말입니다. 그 임무는 없습니까?"

"아, 그거? 있지. 근데 지금은 조심하고 있는 중이야. 진짜 한 번 더 건드렸다가는 10년은 숨죽여야 할 거 같아서."

"그것도 제가 가져가죠."

"그럼 나야 좋지. 괜찮겠어? 그거 죽이면 철혈이 네 뒤를 평생 쫓을 텐데."

"지금 당장 죽일 생각 없어요. 그냥 선점해 놓는 겁니다. 혈기왕성한 놈들이 건드리면 철혈이 아주 날뛸 텐데 감당되겠습니까? 누가 봐도 죽어도 이상하지 않을 때 슬쩍 처리해 드리죠."

"급한 임무도 아니니까 천천히 해. 거절할 수도 없는 임무라서 골치 아팠거든."

자그마치 왕족이 한 의뢰니 말이다.

암부는 왕족 암살 같은 의뢰는 절대 받지 않았다.

왕족을 건드렸다가는 이 땅에서 장사하지 못할 테니 말이다. 왕족 또한 이러한 사실을 알기에 수시로 암부를 이용해 주었다.

"그럼 선금 받아 갑니다. 밥 먹을 돈도 없어서 3일은 굶었어요."

"도적질이라도 하면 될 것을……."

"쯧쯧. 저 그런 나쁜 놈 아닙니다. 선량한 사람들 협박하고 그러지 않습니다."

암부가 나쁜 놈이 아니라니.

예담은 피식 웃으며 곰방대를 물었다.

천우진이 나가자 접수원이 조심스럽게 물었다.

"저, 저분이 그 천우진 씨 맞나요? 그 보기 힘들다는……."

"맞아. 그 보기 힘들다는 암부의 선인."

암부에는 선인이 많지 않았다.

실력만 있으면 무사만 해도 어느 정도 대우를 받을 수 있기 때문이다.

사회에 녹아들지 못한 괴짜 선인들만이 암부로 흘러들어 왔고 천우진도 그러했다.

천우진.

과거 홍의선인으로 이름을 날렸던 대천재였다.

다음 세대의 최강자가 될 거라 평가받던 사내였다.

◆ ◈ ◆

성무학관의 개학 날이 밝았다.

은악과 화강을 들렀다가 오느라 개학 전날에야 겨우 도착할 수 있었다.

수도에는 암부에 관한 소문이 돌고 있었다.

할아버지의 명령으로 철혈대가 암부 지부를 전부 박살을 냈다나 뭐라나.

암부의 지부 위치를 알고 있는 후암이 합세를 한 덕분에 순식간에 정리되었다고 한다.

사실 그래 봤자 암부의 피해는 미미한 정도다.

지부는 서로 연락을 위한 곳일 뿐.

암부의 단원들은 전국에 퍼져 있으니 말이다.

'그렇다고 지나가는 사람 전부 옷을 벗겨 볼 수도 없고.'

암부를 소탕하는 것은 그만큼 어려운 일이라는 것이다.

'조심해야지. 나를 노리고 있었으니까.'

암부는 아린이가 아니라 나를 노리고 있다.

그나마 다행이라고 할까.

나는 어떻게든 대처를 할 수 있을 테니까.

'혹시라도 아린이가 폭주하면…….'

정말 상상도 하기 싫다.

그렇게 생각하고 있을 때 상혁이가 오는 것이 보였다.

"오랜만이다. 이서하."

못 본 사이에 상혁이의 키가 더 컸다.

이제는 나보다 이마 하나는 더 큰 것만 같다.

나도 작은 키는 아니나 상혁이는 훗날 6척(180cm)을 훌쩍
넘긴다.

겨우 6척이 될락 말락 한 나와 비교하면 얼굴 반 개는 더
큰 정도.

벌써 차이가 나기 시작했다.

상혁이는 나를 보고는 말했다.

"몸이 더 좋아졌는데?"

"말도 마라. 죽다 살아 나왔다."

"오, 엄청 수련했나 본데? 하지만 나도 피를 토할 정도로

수련했다고."

하하, 누구 앞에서 주름을 잡는지 모르겠다.

"혼자서는 피를 토할 수 없어. 친구야."

진짜 피를 토하는 수련이 뭔지를 알려 주고 싶다.

그렇지.

내년에는 상혁이를 데리고 가도록 하자.

생각만 해도 즐거워지기 시작했다.

때마침 박민주도 도착해 인사를 건넸다.

"오! 안녕! 좋은 아침이야!"

박민주는 딱 봐도 신나 있었다.

새로운 무복에 전에는 없던 궁사용 장갑을 끼고 있었으며 등에는 고급스러운 화살통을 짊어지고 있었다.

하지만 각궁은 내가 만들어 준 그대로였다.

"뭔가 너 변했다? 돈 좀 쓴 거 같은데?"

"그치? 예쁘지? 언니가 할 거면 제대로 하라고 사 줬어. 막자기를 이겼으니 더 강해지지 않으면 곤란하다고 하면서 말이야. 활도 사 준다고 했는데 내가 거절했어. 네가 준 의미 있는 활이니까."

"그냥 하나 사 달라고 하지. 더 좋은 거 만들어 줬을 텐데. 뭐 그것도 나쁜 건 아니니까 네 마음대로 해라."

"……이럴 수가! 이런 대답은 상상도 못 했어. 감동 받아야하는 부분 아니야? 너무해."

17

도대체 어디서 감동해야 하는지 모르겠다.

마지막으로 아린이도 합류했다.

더러워진 무복을 벗고 새로운 옷을 입은 아린이는 인파 사이에서도 한눈에 보일 정도로 빛이 났다.

그보다 모든 시선이 아린이에게 몰려 있다.

개성이라고는 전혀 없는 무복을 입고 있음에도 이런 상황이다.

나는 아린이를 맞이하며 말했다.

"넌 사람 많은 데서는 꾸미면 안 되겠다."

"응?"

"아무것도 아니야."

완전 전략 무기 아닌가.

아린이를 꾸며서 적 도시에 투입하면 바로 반란을 일으킬 수 있지 않을까?

그렇게 말도 안 되는 상상을 하며 걸어갈 때 저 멀리서 신입생들이 입학식을 마치고 나오는 모습이 보였다.

비장한 얼굴의 아이들도 있고, 신이 나서 깡충깡충 뛰는 아이들도 있다.

후배들이 생겼다.

저기 안에도 꽤 괜찮은 인재들이 많다.

하지만 시간적 한계가 있기에 전부 키울 수는 없는 일.

나는 이미 한 명을 마음에 두고 있었다.

'서두를 필요는 없지.'

이번 해에도 할 일이 너무나도 많다.

나는 입학식이 열리는 2학년 연무장으로 향하며 올해 일어나는 사건들을 정리했다.

'가장 중요한 건 2차 북대우림 원정.'

과거의 실패를 만회하기 위해 군은 2차 북대우림 원정을 계획한다.

나찰과 엄청난 양의 마수가 있다는 것을 알았으니 그에 상응하는 병력을 꾸려서 말이다.

'운성에서 보급 사업을 가져가려고 했었지.'

이번에는 어떤 가문에서 보급을 맡을지는 모르지만 사실 그건 중요한 것이 아니다.

문제는 2차 북대우림 원정도 절반의 성공만을 거둔다는 것이다.

북대우림 원정대의 목표는 우림 깊숙한 곳에 전초 기지를 세우는 것이었다.

하지만 시작부터 문제가 생긴다.

'매복에 선발대가 전부 죽어 버리고 이건하가 이끄는 후발대가 그나마 생존자를 확보. 마수를 전부 몰아내고 전초 기지를 세우는 데는 성공하지만 거기까지.'

군은 민심을 잡기 위해 위대한 승리라며 포장했지만, 고작 전초 기지 하나를 세우기 위해 너무나도 많은 선인과 무사들을 잃는다.

'병신 짓도 그런 병신 짓이 없지.'

애초에 2차 북대우림 원정은 다수의 전초 기지를 세워 나가며 단계적으로 북대우림을 장악해 나가는 작전이었다.

그런데 시작부터 병력의 반 이상을 날려 버린 탓에 전초 기지를 지었음에도 앞으로 나아가지 못했고 고작 1년 만에 작전을 포기한다.

'한마디로 무사들은 다 죽고 얻은 것도 없는 원정.'

아니, 정확히 말하면 얻은 것이 없지는 않았다.

신태민과 이건하는 말이다.

2차 북대우림 원정에서 승리의 주역이었던 이건하는 일약 영웅으로 올라서며 수도 청일의 수비대장으로 승진해 청의를 입게 된다.

'결과적으로 신태민에게 엄청난 힘이 생긴다.'

2차 북대우림 원정 후 수많은 상급, 중급 무사들이 이건하를 따르기 시작한다.

백의선인들은 신중했으나 이 나라 전력의 7할은 상급, 중급 무사들이었으니 신태민의 세력은 하루아침에 주류로 우뚝 선다.

'결국 신유철 전하가 죽고 나서 전쟁이 일어난다.'

왕이 되려는 신태민과 태자 자리를 지키려는 신유민의 전쟁.

'당시 죽었던 선인의 수만 해도 수백.'

나라의 기둥이 하나씩 쓰러지고 결국 스스로 버티기도 힘들 때 나찰이 쳐들어온다.

'그때가 되면 내가 뭔 짓을 해도 진다.'

선인이 절반, 아니 반의반으로 줄어 버린 이 나라는 나찰을 막을 힘이 없었다.

'처음부터 나라가 망하지 않도록 해야 한다.'

그렇게 생각이 정리되었을 때쯤 입학식 장소에 도착할 수 있었다.

이윽고 강무성이 나타나 말했다.

"더 강해져서 왔느냐?"

"네!"

강무성의 물음에 힘차게 대답하며 성무학관 2년 차가 시작되었다.

강무성은 어느 때보다도 기합이 들어가 있었다.

2년 차는 신입생도들과는 상황이 완전 다르다.

실전 임무 배치.

성무학관만의 특전이자 실력이 안 되는 이들을 내보낸 가장 큰 이유였다.

강무성은 말을 이어 갔다.

"2학년이라고 다를 건 없다. 수업을 받고, 개인 교습을 받고, 시험을 치른다. 한 가지 다른 점은 앞으로 모의 실습은 하지 않는다는 거다. 너희는 실전에 배치될 것이다."

나는 심각한 얼굴로 강무성의 이야기를 들었으나 한영수 패거리는 뭐가 좋은지 실실 웃고 있다.

그리고 강무성이 그걸 놓칠 리가 없었다.

"거기, 한영수. 왜 웃지?"

"네? 아, 그냥 오랜만에 친구들은 만나……."

그 순간 강무성이 한영수의 정강이를 걷어찼다.

"악!"

한영수가 소리를 치며 한 발로 펄쩍 뛰자 강무성이 그의 멱 살을 잡아끌었다.

"실전 임무에서 그따위로 행동해라. 잘난 너희 한 가주가 널 지켜 주기 전에 마수가 너를 질겅질겅 씹어 먹을 테니까. 알겠느냐?"

"……죄송합니다."

한영수도 눈치는 있나 보다.

강무성이 저리도 강하게 나가는 것은 이제 우리들은 생도 가 아니라 무사이기 때문이다.

하급 무사.

쉽게 말해 짐꾼이며, 심부름꾼이며, 또 고기 방패다.

'두 번 다시 하고 싶지는 않았지만.'

그래도 성무학관 출신 하급 무사가 그냥 하급 무사보다는 나을 테니 그걸로 위안으로 삼자.

'적어도 고기 방패는 안 될 테니까.'

강무성은 말을 이어 갔다.

"가문을 믿고 까불지 마라. 그리고 겸손해라. 선인들이 너희를 지켜 줄 테지만 그것도 한계가 있다. 너희들은 당장 한 달 뒤 임무에 참가할 것이다. 그때까지 누가 되지 않게 수련해라. 이상이다. 그럼 숙소 열쇠를 받아 가라."

2학년의 숙소는 1학년 때와 비슷했으나 뒷마당이 훨씬 넓었다.

아무래도 혼자 수련하는 생도들을 위한 공간인 것만 같았다.

큰 나무와 작은 연못까지 있어 내공심법을 수련하기에는 딱 좋을 것만 같다.

숙소까지 배정받은 나는 바로 약선님에게로 향했다.

그래도 2학년은 첫날 수업이 없어 여유가 있다.

'뭐라고 하겠지.'

솔직하게 말해 방학 동안 생사침술은 거들떠보지도 못했다.

할아버지의 수련을 받고 나면 그대로 뻗었으니까.

눈을 감자마자 새벽닭이 울어 버리는데 생사침술을 수련할 시간이 있을 리가.

그래도 난 기억력이 좋아 배운 건 안 까먹는다.

그렇게 생각했다.

"이 자식이! 아주 다 까먹었구먼! 파문당하고 싶은 거냐? 우라질 놈의 자식. 하나 있는 제자라는 게 넉 달 동안 수련을 안 하는 게 말이 된다고 생각하느냐?"

펙!

뒤통수가 얼얼하다.

인체 모형에 침을 놓는 사이 몇 대를 맞았는지 모르겠다.

"왜? 산 사람도 죽이지 그러냐? 아주 앞에 생(生)은 떼어 버리고 사침술(死鍼術)이라고 부르지?"

"그게 할아버지가 수련을 쉴 새도 없이 시켜서……."

"잠을 한 시진 덜 자면 될 일 아니냐? 큰 걸 바라는 것도 아니다. 하루 한 시진. 딱 한 시진 집중해서 내 모든 경험을 너의 것으로 만들란 말이다!"

그러면 전 한 시진밖에 못 자는데요.

그럼 사람이 죽어요.

하지만 그런 말을 했다가는 또 한 대 맞을 테니 가만히 있자.

"그럼 밀린 수련을 해야겠구나."

"……할아버지가 짜 준 수련도 매일 해야 하는데요?"

"다시 말하지만 잠을 한 시진 줄이면 된다."

아니, 그럼 죽는다니까요.

"왜? 못할 거 같으냐? 괜찮다. 죽지 않도록 매일 내가 원기 회복에 도움이 되는 침을 놔줄 것이니까. 좋은 약도 많다."

이제 약선님이 독심술도 하나 보다.

나는 애써 웃으며 고개를 끄덕였다.

"하하하, 좋네요. 행복하네요."

진심이다.

너무 행복하다.

이 나라 최강의 할아버지에게 지도를 받고, 약선님 같은 최고의 의원에게 지도를 받는 인생을 꿈꾸지 않았던가.

회귀하면 어릴 때부터 죽어라 수련하겠다고 다짐했었으니 이것 또한 복이라면 복이다.

난 행복하다.

근데 왜 안구에 습기가 찰까?

◆ ◈ ◆

시간은 빠르게 지나갔다.

매일 수련과 밥으로 이어지는 일정에 익숙해질 때 즈음 슬슬 첫 번째 임무를 배정받는 시기가 왔다.

나는 때에 맞춰 강무성을 찾아갔다.

2차 북대우림 원정에 생도 신분으로 참가하기 위해서는 실력을 보여야만 했다.

그러기 위해서는 선행되어야 할 것이 있다.

"원정대로 배정받고 싶다고?"

"네. 그렇습니다."

"안 된다고 하면?"

"안 되는 일이니까 우리 선인님 찾아왔죠."

생도들은 전부 수비대에 배치된다.

이는 최소한의 안전을 위함이었다.

수비대는 도시 주변을 순찰하며 마수들이나 도적 떼, 혹은 암부 같은 사파의 무사들을 처리한다.

마수가 자주 나타나는 지역으로 배정되더라도 생도들은 후방에서 지원할 뿐이었으니 직접적인 위험에 처할 확률은 낮다.

하지만 원정대는 다르다.

원정대는 마수를 찾아다니며 토벌하기에 이들의 임무는 필연적으로 전투를 벌일 수밖에 없다.

그렇기에 아무리 성무학관이라도 생도들을 원정대에 배치할 수는 없다.

아니, 오히려 성무학관이기에 유망한 어린 무사들을 더 안전하게 키우고 싶을 것이다.

하지만 절대라는 건 없지 않은가?

강무성은 홍의를 희망해 원정을 다니던 선인이었고 그쪽에 아는 사람도 많을 것이다.

생도를 원정대에 배치해서는 안 된다는 법도 없으니 문제될 것도 없다.

"왜 원정대에 들어가고 싶은 거지? 실력을 시험해 보고 싶으면 지금이라도 나와 대련하게 해 주마."

"제 실력은 알고 있습니다. 극양신공을 최대치로 사용하면 한 식경 정도는 선인급의 힘을 쓸 수 있겠죠. 보통 상태에서는 중급 무사 정도겠고."

오랫동안 많은 무사를 봐 왔기에 스스로 냉정한 평가를 할 수 있었다.

"그래, 그 실력으로 원정대에 들어가면 죽을 수도 있어. 지금도 많은 중급 무사들이 원정에 나가 큰 부상을 입거나 목숨을 잃는다. 조급해하지 마. 넌 선인이 될 재능을 가지고 있으니까 천천히 해도 된다."

강무성의 말대로다.

극양신공을 사용하더라도 만약의 경우 안전을 보장하기 힘들 테니까.

하지만 그래도 가야 한다.

"그래도 가야 합니다. 2차 북대우림 원정이 준비 중인 거 아시죠?"

"……그걸 네가 어떻게 아냐?"

"전 모르는 게 없습니다. 그래서 말인데, 그 북대우림 원정에 참여하고 싶습니다."

"아서라. 너 같은 생도는 끼워 주지도 않을 테니까."

"그러니까 제 실력을 증명하겠다는 겁니다. 원정 임무에서 무사히 공을 세우고 돌아오면 참가할 수 있지 않겠습니까?"

"참가하면 뭐? 거긴 장난이 아니야. 북대우림 안에서 홍의 선인이 죽은 거 너도 봤잖아?"

강무성은 반협박조로 말했으나 나는 뜻을 굽힐 생각이 없다.

1년 차 핵심 계획이 아린이의 폭주를 막는 것이었다면, 2년 차 핵심 계획은 북대우림 원정에서 피해를 최소화하는 것이다.

단순한 생도 신분으로는 힘들다.

내가 당장 북대우림 원정을 멈춰야 한다고 난리를 쳐 봤자 윗선에서는 들은 척도 안 할 것이다.

그렇다고 할아버지의 힘을 사용할 수도 없다.

할아버지가 지금까지 존경 받는 이유는 은퇴 후 단 한 번도 정치에 관여하지 않았기 때문이다.

내가 부탁해도 움직여 주실지는 모르지만 설령 움직인다고 해도 정쟁이 일어날 것이다.

내가 북대우림에 참가해 바꾸는 수밖에 없다.

지금까지 그러했던 것처럼 대류는 흐르게 놔두고 그 안에서 무언가를 바꿔야만 한다.

"꼭 해야 합니다. 부탁합니다."

"……너 가끔 이상한 거 알아? 그때 효정이를 살릴 때도 이상했어. 북대우림 앞에서 수련해야 터가 좋다느니 뭐니……."

강무성은 그렇게 중얼거리더니 말했다.

"알았다. 면접은 보게 해 주마. 어차피 실력을 증명하지 않으면 원정대에 들어갈 수 없을 테니까."

"그 정도면 충분하죠. 제가 선인님 덕분에 진짜 세상 살맛납니다."

진심이다.

강무성이 없었으면 이런 인맥을 이용하지 못했을 테니까.

"말은 해 보겠지만 너도 합격을 보장할 수는 없어. 나도 원정대 출신이지만 원정대는 무과를 통과한 하급 무사들도 압도적인 실력을 보여 주지 않는 한 들어가기 힘든 곳이야. 생도 신분인 너는 특별한 무언가를 보여 줘야만 해."

알고 있다.

내가 청신이든 뭐든 생도 신분으로 원정대에 참가하려는 나를 좋게 볼 리가 없으니 말이다.

강무성의 부탁으로 어떻게 면접은 보겠지만 바로 불합격을 주고 떠날 가능성도 있다.

그럴 수 없게 압도적인 실력을 보여야만 한다.

"선인님 창피하지 않게 열심히 준비하겠습니다."

"부디 그래 줘라. 면접 보게 하려면 술을 10번은 사야 할 테니 말이다. 가 봐. 피차 일이 많다."

나는 빙긋 웃으며 자리에서 일어났다.

일단 이렇게 첫 단추는 끼웠다.

백의선인 박성진은 부하들과 함께 한 비무장에 나와 있었다.

"하아, 씨. 낚였어."

"에이, 형님. 남아일언 중천금 아닙니까? 깔끔하게 실력만 보고 결정 내리시면 됩니다."

"그렇다고 갑자기 내일 있을 원정에 생도를 추가하라고?"

"형님이 가능하다면서요? 어제는 그렇게 들었는데."

"아이……."

박성진은 옆에서 떠드는 강무성을 힐끗 보고는 말했다.

"아우, 새끼. 연락 한 번 없던 놈이 술을 왕창 살 때부터 알아봤어야 하는데."

"아이, 형님. 힘든 일도 아니잖아요."

"쯧."

박성진은 혀를 찼다.

그의 부하들은 하나같이 표정이 좋지 않았다.

원정대는 왕국 곳곳에 숨어 있는 나찰을 섬멸하기 위해 목숨을 걸고 마수가 많이 나타나는 장소로 떠난다.

안전한 곳에서 편안하게 마수가 습격하기를 기다리는 수비대와는 격이 다르다고 자부하고 있었다.

박성진도 실력 정도는 봐줄 수 있다고 말했을 뿐이었으나 강무성은 그 순간을 놓치지 않고 이 비무 자리를 만든 것이다.

'여지도 주면 안 됐는데.'

후회는 이미 늦었다.

얻어 마실 술을 다 얻어 마신 이상 약속한 것은 지켜야만 한다.

그래도 다행인 점은 원정대에 받아 주겠다 확답하지는 않았으니까.

"정말로 실력 미달이면 그냥 가면 되는 거지?"

"그럼요, 선배. 저도 제자를 죽이고 싶지는 않습니다. 실력이 떨어진다고 판단되면 데려가고 싶다고 하셔도 제가 안 된다고 할 겁니다."

"그래? 자신 있나 보네?"

"그럼요."

"그래. 그럼 한번 보자."

"하지만 실력이 되는 데도 떨어트리면 안 됩니다. 아시겠죠?"

"그래, 약속할게."

강무성은 꽤 자신만만해 보였으나 박성진은 이미 마음을 정한 상태였다.

'떨어트려야지. 아무리 뛰어나도 고작 생도인데.'

실력은 있을지 모른다.

이서하라는 생도는 박성진도 아는 이름이었다.

성무학관에서도 유례가 없을 정도로 고평가를 받는 친구였으니까.

하지만 경험이 없다.

하급 무사들이 수비대부터 시작하는 이유는 현실을 깨닫게 하기 위함이다.

약관이 안 된 어린 무사들은 대부분 자기가 영웅이라도 될 것처럼 행동한다.

원정대에서만큼은 그래선 안 된다.

한 명의 돌발 행동이 모든 조원을 죽일 수 있기에 경험이 없는 하급 무사들을 받지 않는 것이다.

'몇 대 얻어맞으면 주제를 알고 돌아가겠지.'

어린 무사들을 다루는 법은 간단하다.

실력의 차이를 보여 주는 것이다.

아무런 저항도 하지 못한 채 흠씬 두들겨 맞고 나면 스스로가 거대한 사회의 일부분일 뿐이라는 것을 깨우칠 수밖에 없다.

박성진은 바로 옆에 앉은 부하에게 말했다.

"사정 봐주지 마라."

"아무렴요. 우리 도련님, 인생 교육 좀 해 드리죠."

"너무 심하게는 하지 말고. 어디 부러지기라도 하면 그건 또 그거대로 문제니까."

"대장님도 걱정은 참. 제가 멍 하나 안 나게 잘 때립니다."

중급 무사, 김수종.

일종의 군기반장을 맡은 남자였다.

상급자에게는 깍듯하고 하급자에게는 권위적인 성격. 인간적으로 좋은 성격이라고 할 수는 없지만 원정대원으로서는 나쁘지 않은 성격이다.

그만큼 명령을 잘 듣고 부하들을 강압적으로라도 잘 관리했으니 말이다.

그때 반대편에서 이서하가 올라오며 말했다.

"반갑습니다. 청신의 이서하라고 합니다."

왕가의 수호자. 청신(靑申).

박성진은 팔짱을 끼고 앉아 말했다.

"어디 가장 유명한 천재님 실력 좀 보자."

과연 별들만 모인 성무학관 안에서도 역대급이라는 말을 듣는 실력은 어떨까?

그리고 패배 뒤에는 어떤 표정을 지을까?

박성진은 두 가지 의미로 기대에 찬 얼굴로 이서하를 지켜 보았다.

원정대 면접 당일.

나는 만반의 준비를 한 뒤 약속한 비무장으로 향했다.

이번 면접에선 극양신공은 사용하지 않을 생각이었다.

대(對)나찰용 필살기 같은 느낌으로 남겨 둬야 하니 극양 신공의 존재가 소문나는 일은 피하고 싶다.

할아버지나 강무성이야 어디 가서 떠벌리고 다니지 않을 테니 상관없으나 원정대에는 누가 있는지를 모른다.

함부로 사용하다 소문이라도 나면 내 귀중한 정보가 적에 게 새어 나갈 수 있다.

'좀 힘든 면접이 되겠지.'

극양신공이 없으니 긴장해야 한다.

회귀 전, 나는 수비대였다.

원정대는 항상 어깨를 세우고 다녔으며 수비대를 무시했다.

후방에 처박혀 평화로운 날을 보냈던 수비대와 자기들은 다르다며 말이다.

'아마 이 사람들도 그렇겠지.'

성무학관이라고 하더라도 생도가 원정대에 들어가려는 걸 좋게 봐줄 리가 없다.

'일단 실력을 보여 줘야 한다.'

비무장 안으로 들어가자 무사들이 탐탁지 않은 얼굴로 나를 내려다보고 있었다.

맨 아랫줄에는 강무성과 원정대의 대장으로 보이는 남자가 앉아 있다.

"반갑습니다. 청신의 이서하라고 합니다."

인사가 끝나고 박성진의 조소가 보였다.

강무성아.

그래도 좀 나에게 호감 있는 사람을 데리고 오면 좀 좋냐?

딱 봐도 원정대는 어떻게든 나를 쩜 쪄 먹을 궁리를 하고 있었다.

그렇게 잠시 침묵이 흐르고 뭐라고 중얼거리던 박성진이 입을 열었다.

"그래. 반갑다. 나는 거도대(巨濤隊)의 대장 박성진이다."

거도대(巨濤隊).

원정대의 이름은 대장의 별호로 정해진다.

한마디로 박성진의 별호가 거도(巨濤).

거대한 파도라는 것이다.

'들어 본 적은 없네.'

내가 들어 본 적이 없는 원정대다.

이유는 아마 둘 중 하나다.

전쟁이 시작되기 전에 대장 박성진이 은퇴를 했거나 혹은 죽었거나.

어느 쪽이든 그리 놀랄 일은 아니었다.

원정대는 금방금방 물갈이되니까.

"무성이한테는 이야기를 들었다. 원정대에 합류하고 싶다고 말이야."

"네, 꼭 원정대에 들어가고 싶습니다."

"우리도 손이 모자라서 신입 무사들은 환영하지만, 실력 없는 것들은 받아 줄 수 없다. 수비대처럼 짐짝을 끌고서도 갈 수 있는 임무를 하는 건 아니라서 말이야. 그래서 실력을 좀 보려고 하는데. 괜찮겠나?"

"물론입니다."

"그래, 그럼 김수종."

박성진의 바로 뒤에 앉아 있던 한 남자가 자리에서 일어났다.

"우리 거도대의 중급 무사다. 번호는 5번."

원정대의 서열은 번호로 매겨졌다.

급박한 상황에서 빠르고 직관적으로 명령을 내리기 위함이다.

거도대는 대장인 박성진을 제외하면 9명.

번호는 실력순으로 1번부터 9번까지.

5번은 딱 중간이라도 볼 수 있었다.

'그래, 1번이 아닌 게 어디야?'

나는 그렇게 생각하며 물었다.

"통과 기준은 뭔가요? 이겨야 하는 겁니까?"

"아니, 아니. 아무리 그래도 생도가 경력 있는 중급 무사를 이길 수는 없지. 적당한 실력을 보여 주면 통과시켜 줄 테니 무리하지 마라."

그래도 이기는 게 가장 좋겠지.

김수종은 덩치가 컸다. 난 아직 다 크지 않아 6척이 훌쩍 넘는 김수종을 올려 볼 수밖에 없었다.

내 키가 언제 다 크더라? 앞으로 한 2년 남았나?

그나저나 표정을 보아하니 적당히 할 생각은 없어 보인다.

김수종은 의기양양하게 말했다.

"꼬맹아. 형한테 맞았다고 할아버지한테 가서 이르면 안 된다? 응?"

김수종의 말에 거도대원들이 빵 터져 웃기 시작했다.

웃음이 헤픈 녀석들이다.

별로 웃긴 농담도 아닌데 말이다.

"거도대는 입으로 싸우나 봐요? 진짜 무사들의 부대라고 생각했는데 아닌가 보네. 지금이라도 수비대 가야 하나?"

순간 김수종의 표정이 굳어졌다.

나는 어깨를 으쓱했다.

말싸움은 이렇게 하는 거다.

상대의 자부심을 건드리는 거지.

도발하기도 쉽고.

나는 천진난만한 척 순수한 미소를 짓고는 말했다.

"말만 하지 마시고 빨리 시작하죠?"

"그래, 좋네. 좋아."

김수종은 무기 진열대에서 목검을 가져와 나에게 던져 주고는 말했다.

"네가 원하는 대로 바로 시작하지."

그리고는 예고도 없이 돌진했다.

도발이 적절히 잘 먹힌 것만 같다.

'5번에 중급 무사. 실력자다.'

하급, 중급, 상급.

이 나라를 지탱하는 무사들은 이 세 분류 안에 속한다.

그리고 그중 과반수 이상인 7할이 중급에 속해 있었다.

하급에서 중급으로 올라가기는 쉽지만, 중급에서 상급으

로 올라가기는 어렵기 때문이다.

하급 무사가 중급으로 올라가기 위한 조건은 3년간 군에 속해 있는 것뿐이었으나, 중급 무사가 상급으로 올라가기 위해서는 반드시 원정대에 참가해 공을 세워야만 했다.

그렇기에 같은 중급 무사라도 하위권과 상위권은 실력 차이가 심했다.

이윽고 김수종과 나의 검이 부딪혔다.

단 한 번 검을 나눴을 뿐이나 속도와 힘은 김수종이 한 수 위인 것만 같았다.

"막아?"

한마디를 뱉은 김수종은 마치 자기 전력이 아니었다는 듯 점점 속도를 올렸다.

나는 막을 건 막고, 피할 건 피하며 역습의 기회를 기다렸다.

외공 수준이 상대적으로 낮은 내가 김수종의 공격을 피하는 것이 가능한 이유는 내가 일류 무공을 배웠기 때문이다.

특히나 공시대보(功時待步)는 회피와 역습에 특화된 보법이다.

천천히 상황을 보자.

"뭐 하냐? 장난치지 말고 끝내."

보다 못한 원정대원이 소리쳤으나 김수종은 아무 대답도 하지 못하고 얼굴을 붉힐 뿐이었다.

장난치는 것이 아니기 때문이다.

김수종은 전력을 다해 공격하고 있었으나 나 역시 아슬아슬하게 전부 피해 냈다.

방심할 수 있을 정도는 아니나 어느 정도 김수종의 공격에 적응해 안정권에 들어갔다.

"이 미꾸라지 같은 게!"

흥분한 김수종은 이를 악물고 검을 휘둘렀다.

전보다 공격이 단조로워지면서 오히려 나에게 반격의 기회가 오기 시작했다.

'내가 가진 기술은 두 개. 용섬과 패천검.'

일검류는 작은 빈틈을 노려 일격필살의 일격을 날리는 무공이다.

그런데 지금 이 자리에서 일격필살의 공격을 날릴 수는 없다.

그랬다가는 김수종은 다음 원정에 참여하지 못할 테니까.

그런 짓을 했다가는 설령 원정대에 들어가더라도 대원들이 나를 좋게 봐줄 리 없다.

즉, 다치지 않을 정도로 약한 공격을 해야만 한다.

'일검류는 그게 힘들단 말이지.'

공격기가 다 필살기니 말이다.

게다가 김수종은 나와 비슷한 실력자다.

그런 그에게 다치지 않을 정도의 적당한 공격을 한다는 건 매우 힘든 일이다.

"우오오오오!"

다행이라면 흥분한 김수종의 빈틈이 점점 커지고 있었다.

적당히 힘을 뺀 용섬으로도 일격을 가할 수 있을 정도로 말이다.

아무래도 동료들 앞에서 망신을 당하기 싫은 마음에 조급해진 것만 같다.

'가능하겠는데?'

나는 완벽한 시기를 기다렸다.

이윽고 김수종이 목검을 높게 치켜들며 큰 빈틈이 생겼다.

'지금이다.'

일검류(一劍流), 용섬(龍閃).

힘을 잔뜩 뺀 용섬이 먼저 김수종의 옆구리를 때렸다.

나의 승리다.

실전이었다면 몸통이 그대로 두 동강 났을 테니 말이다.

그렇게 대련이 끝날 줄 알았다.

"우오오오오오!"

하지만 흥분한 김수종은 그대로 검을 내려찍었다.

피할 수도, 막을 수도 없다.

'아, 진짜…….'

보통 이런 비무 대결에서는 먼저 공격을 당하는 순간 패배를 인정하고 물러나기 마련이었다.

그렇기에 김수종이 순순히 패배를 인정하고 물러나리라 생각했다.

하지만 한 가지를 간과했다.

이 인간, 나한테 농락당해서 눈이 돌아갔다.

'에이……'

검이 내려오는 그 찰나의 순간 온갖 생각이 들었다.

아프겠지?

그래도 머리를 맞지는 않을 거야. 살짝 비껴 맞으면 어깨가 부서지려나? 그러면 앞으로 하체 수련밖에 못 할 텐데.

그렇게 온갖 생각이 들 때였다.

"이 멍청한……!"

검이 나에게 닿기 전에 누군가 달려와 김수종의 턱에 주먹을 꽂았다.

쾅음과 함께 김수종이 옆으로 날아갔고 습격자는 쓰러진 김수종을 내려다보며 말했다.

"띨빡 새끼가. 졌으면 곱게 물러날 것이지 이게 무슨 짓이야! 야! 이진수!"

습격자의 정체는 박성진이었다.

박성진은 잔뜩 일그러진 얼굴로 부하를 불렀다.

이진수라는 남자는 벌떡 일어나며 대답했다.

"네! 대장님."

"너 이 새끼, 애들 교육 똑바로 안 해? 도대체 애들 교육을 어떤 식으로 했길래 머리에 피도 안 마른 애보다 못해?"

"죄송합니다."

"이 새끼 거꾸로 매달고 한 시진 동안 내리지 마. 너도 매달
리고! 알았어?"

"네!"

이진수는 빠르게 달려 나와 기절한 김수종을 챙겼다.

오, 박성진이라는 선인. 생긴 것과 다르게 꽤 박력 있다.

박성진은 작게 한숨을 내쉰 뒤 말했다.

"넌 합격이다. 당장 내일부터 우리 거도대에 합류하도록.
내일 집합 장소는 이곳이다. 사시(오전 9시)까지 오도록. 그
리고 이번 원정에서 넌 10번이다. 알았나?"

"네, 알겠습니다."

김수종을 이겼지만 높은 번호를 받을 수는 없었다.

기존 대원들은 자기 번호에 익숙할 테고 아무리 실력이 좋
아도 임시 대원이 높은 번호를 받을 수는 없는 일이다.

박성진은 작게 한숨을 내쉬고는 말을 이어 갔다.

"추태는 미안하게 되었다. 내가 사과하지."

박성진의 사과에 나는 강무성을 힐끗 보았다.

강무성은 흥미진진하다는 듯 나를 바라보고 있을 뿐이다.

나는 고개를 끄덕이며 말했다.

"사과는 받아들이죠."

"뭐?"

박성진은 내 대답에 당황한 듯 되물었다.

사과했으니까 받아 준 것뿐인데 뭘 놀라나?

설마 내가 '아닙니다. 사과하실 거 없어요.' 그럴 줄 알았나? 어깨가 부서질 뻔했는데.

"그럼 내일 뵙겠습니다."

나는 인사를 한 뒤 비무장 밖으로 향했다.

오늘도 해야 할 수련이 많다.

◆ ◈ ◆

이서하가 떠나고도 박성진은 한참 동안 그의 뒤를 바라보고만 있었다.

"어떻습니까? 제 제자가."

"좀 하네."

"좀 한다고요?"

"……"

박성진은 차마 대답하지 못하고 작게 한숨을 내쉬었다.

좀 하는 수준이 아니다.

'일검류, 용섬.'

어깨너머로나마 일검류를 본 적이 있었다.

일검류의 공격기는 극한의 효율을 추구하는 일격 필살기다.

하지만 저 꼬마는 일부러 힘을 뺐다.

'상대를 봐준 것이다. 비무일 뿐이니까.'

이서하는 확실히 밀리고 있었다.

뛰어난 보법으로 모든 공격을 피하고, 흘렸으나 힘겨워하는 것이 눈에 보였다.

물론 아직 16살이라는 것을 생각한다면 엄청난 재능이었지만 실력은 김수종이 위였다.

그러나 그 순간에도 이서하는 침착했다.

'공격의 기회가 온 순간에도 그랬지.'

완벽한 기회가 왔음에도 이서하는 흥분하지 않았다.

밀리는 와중에, 그것도 16살짜리가 공격의 기회를 보고도 흥분하지 않는 게 가능한가?

하지만 이서하는 흥분하지 않고 힘을 잔뜩 뺀 용섬을 사용했다.

실력, 판단력, 침착성까지.

무엇 하나 흠잡을 것이 없다.

그에 비해 김수종은 어땠는가?

흥분해서 비무의 승패가 갈렸음에도 공격을 멈추지 않았다.

'쪽팔려 죽겠네.'

창피해서 차마 강무성을 쳐다볼 수가 없었다.

그렇게 대답을 못 하고 있을 때 강무성이 옆에서 깐족거렸다.

"네? 네? 대답 좀 해 봐요. 좀 한다고요? 아, 그럼 조금도 못 하는 부하들 데리고 다니신 겁니까? 네?"

"알았어! 알았다고! 대단하네! 어! 네 제자가 내 부하들보다 낫다. 아주 좋겠어? 좋은 제자를 둬서."

박성진은 한숨과 함께 말했다.

"그래도 실전에서 저 실력을 낼 수 있을지는 잘 모르겠지만 말이야."

어떤 무사든 마수를 처음 보면 얼어붙기 마련이었다. 거기다 원정대는 보통 한 번에 다수의 마수를 상대한다.

많게는 수십 마리가 달려들 때도 있었고 경험이 없는 하급 무사들은 아무리 실력이 좋아도 얼어붙어 제구실을 못 한다.

"그건 걱정 없습니다."

"근거는?"

"북대우림 원정 때 제가 부상자들 구해 나왔던 거 기억나십니까?"

"그래. 그거 대단했지. 용케 혼자서 그 많은 사람들을 구했더라."

"혼자 아니었습니다."

"뭐?"

"저 친구랑 함께였거든요."

박성진은 표정을 굳히고는 이서하가 나간 출구를 바라봤다.

"그걸 왜 지금 말해?"

"선배 눈이 옹이구멍인지 아닌지 보려고 했죠. 만약 실력을 보고도 탈락시키면 그때 말하려고 했습니다. 아무래도 본인도 이걸 알리고 싶어 하지 않는 눈치고."

강무성은 박성진에게 말했다.

"맨날 대원 모자란다고 투덜거리셨죠? 선물입니다."

"……나 참."

박성진은 허탈하게 웃으며 말했다.

정말로 큰 선물이었다.

Chapter 21.

Chapter 21.

다음 날.

원정 임무는 내 비무 바로 다음 날 시작이었다.

아슬아슬하게도 면접을 잡아 주었다.

나는 사시(오전 9시)가 되기 전에 약속 장소에 나와 거도대를 기다렸다.

사실 내가 원정대에 합류하는 걸 아는 건 강무성뿐이다.

'상혁이랑 아린이한테는 수비대로 간다고 했으니까.'

내가 원정대에 들어갈 생각이라고 하면 두 사람 다 따라올 것이 분명했다. 하지만 그랬다가는 신경 써야 할 일이 한둘이 아니니 비밀로 하자.

조금 기다리자 거도대원들이 나타나기 시작했다.

모두들 피곤한 얼굴로 나를 슬쩍 보며 지나간다.

'뭐지? 어제보다 더 환영받지 못하는 느낌인데.'

어차피 환영받을 거라고는 생각하지 않았으니 문제는 없다.

아무리 실력을 인정받아 들어왔다고는 하지만 짧게는 몇 년, 길게는 십수 년 호흡을 맞춘 이들 사이에 녹아들기는 쉽지 않다.

그래도 아는 얼굴에는 인사를 하도록 하자.

"안녕하십니까? 잘 부탁합니다."

"……그래."

김수종은 탐탁지 않은 듯 인사를 받고는 멀어졌고 전날 박성진에게 혼이 났던 이진수가 지나가며 말했다.

"들어오기로 했으니까 잘 따라와라. 알겠냐?"

"알겠습니다."

뭔가 차가운 것이 저 사람도 나를 별로 안 좋아하는 거 같다.

'친해져야 하는데.'

내 목표는 단순히 원정대 참여하는 것이 아니라 좋은 평가를 들어 다음 원정, 그리고 그다음 원정도 함께하는 것이다.

그래야만 훗날 있을 2차 북대우림 원정에 참여할 확률이 조금이라도 커진다.

그래서 한 번이라도 검을 마주한 김수종한테 말을 걸어 본건데 역시 좋은 반응은 기대할 수 없다.

'하긴, 쪽팔리겠지.'

나한테 진 것도 모자라 대장에게 얻어맞고 그 여파로 상위 번호로 추정되는 이진수까지 벌을 받았으니 말이다.

군대에서 내리 갈굼은 흔한 일이고 다른 대원들의 꼴을 보아하니 아주 제대로 구르다 온 것만 같다.

'시작부터 안 좋네.'

그러니까 그냥 나한테 졌을 때 공격을 멈췄으면 이 사태까지는 안 갔을 거 아니냐?

불편한 기운이 감돌 때 박성진이 나타났다.

대장이 나타나자 모두 번호 순서대로 섰다.

나는 10번이었기에 오른쪽 끝에 섰다.

내 바로 옆에는 머리 하나는 더 작은 여자가 서 있다.

내 바로 윗선임이라고 할 수 있는 9번이다. 9번 선임은 나를 슬쩍 올려다보고는 미소를 지었다.

"이번 임무에 관해 설명하겠다. 이번에 토벌해야 할 마수는 대군의(大群蟻)다."

대군의(大群蟻).

쉽게 설명하면 군단 개미다.

들개 정도 크기의 개미 마수.

각 개체의 전투력은 다른 마수에 비해 낮으나 군단을 이루어 움직이기에 꽤 까다로운 적이었다.

하지만 10명으로 이루어진 전문 원정대라면 문제없이 처리할 수 있을 정도.

"장소는 천마산(天摩山)이다. 질문 있나?"

"없습니다!"

"그럼 출발한다. 다들 일각 이내로 준비해 다시 모이도록. 그리고 10번 이서하는 9번 박승아가 책임지고 가르쳐라."

"네!"

박승아는 미소와 함께 나를 돌아보며 말했다.

"잘 부탁해."

오래 살면서 좋은 점은 자기보다 어린 사람의 생각을 읽을 수 있다는 것이다.

그런 의미로 박승아는 순수하게 나를 환영해 주는 느낌이었다.

'그래도 한 명은 날 싫어하지 않나 보네.'

그나마 맞선임은 착해서 다행이다.

회귀 전에는 지옥이었지.

하급 무사가 되고 나서 처음 만난 맞선임은 자기가 언제 또 청신을 부려 보냐며 시도 때도 없이 불러 댔다.

망할 놈. 갑자기 생각하니 열 받는다.

이번 생에 보면 뒤통수라도 한 대 때려 줘야겠다.

"그럼 출발한다. 9번은 10번과 함께 짐을 챙겨라."

"네! 가자."

박승아와 함께 들어간 곳은 비무장의 창고였다.

안에는 식기와 육포 같은 전투 식량, 그리고 응급 치료에 필요한 금창약, 붕대 같은 것들이 있었다.

"이건 원래 막내가 챙겨야 하거든."

알고 있다.

회귀 전에는 거의 3년간 막내였으니 말이다.

'새로 들어오면 죽고, 또 들어오면 죽고 그랬지.'

정말 미쳐 버리는 줄 알았다.

사람이 죽는 것도 미치겠고, 계속 막내인 것도 미치겠고.

그렇게 식기를 챙길 때 박승아가 말했다.

"근데 10번 친구는 몇 살이야?"

"올해 16살이 됩니다."

"와, 어리다. 그런데도 수종 선배를 이긴 거야? 역시 성무
학관은 다른가? 나는 20살이야. 중급 무사고. 거도대에 들어
온 건 이제 6개월 차. 잘 부탁해."

20살에 중급 무사.

'무과에 바로 합격했다고 하더라도 2년 만에 중급 무사가 된
건가? 아니, 무과 통과 동시에 중급 무사가 되었을 수도 있지.'

무과에서 좋은 성적을 내면 바로 중급 무사가 되는 경우도
왕왕 있었다.

박승아도 그런 사례일 것이다.

"네. 열심히 하겠습니다."

"내 후임이 언제 들어오나 했는데 이렇게 귀여운 친구가 들
어올 줄은 몰랐네. 모르는 거 있으면 눈치 보지 말고 물어봐.

이 선배가 다 알려 줄 테니까. 헤헤헤."

박승아는 빙긋 웃었다.

뭔가 소동물 같아 귀여운 사람이다.

회귀 전 원정만 수백 번은 다닌 내가 모르는 게 있을 리가.

그래도 저렇게 기대하고 있으니 중간중간 하나씩 물어보 도록 하자.

"그럼 궁금한 거 물어봐도 되겠습니까?"

"응? 뭐가 궁금해?"

"김수종 저분. 별로 인기 없죠?"

"당연한 걸 왜 물어보는 거야?"

농담도 잘 받아 준다.

좋아. 마음에 들었어.

그렇게 괜찮은 선임과 이번 생의 첫 원정이 시작되었다.

◆ ◇ ◆

박성진은 이진수와 함께 맨 앞에서 행군하고 있었다.

1번이자 부대장인 이진수는 뭔가 불만이 많은 얼굴이었다.

"불만이라도 있나?"

"아닙니다."

"얘기해 봐라. 부대장이라는 놈이 임무 중 잡생각이나 하 면 안 되니까."

그러자 이진수는 기다렸다는 듯이 입을 열었다.

"솔직히 왜 저 생도를 받아 주셨는지 이해가 되지 않습니다."

"수종이를 이기는 건 너도 보았을 텐데?"

"하지만 경험이 없습니다."

박성진은 작게 미소를 지었다.

경험이 없다.

그렇게 보였단 말인가?

흥분한 중급 무사를 앞에 두고도 평정심을 유지하며 마지막 순간에 힘까지 뺀 친구다.

그 정도로 침착한 놈이라면 경험이 없든 말든 상관이 없다.

하지만 이진수는 인정하지 못하는 모양이다.

"내 판단이 틀렸다는 거냐?"

"그건 아닙니다만, 혹시라도 문제가 생기면 선인님과 저희 거도대에 해가 되지 않겠습니까? 청신에서 큰 기대를 거는 아이입니다. 작은 부상도 민감하게 반응할 겁니다."

"그래?"

박성진은 고개를 끄덕였다.

이진수의 말도 일리가 있다.

청신의 기대주가 괜히 원정대를 따라 나갔다가 무슨 일이라도 생기면 그 책임을 박성진, 그리고 강무성이 져야 할 테니 말이다.

아무리 실력이 좋더라도 이서하를 원정대에 참가시켜 좋

을 게 하나 없다는 소리다.

그럼에도 박성진은 이서하를 받아 주었다.

'강무성의 말이 사실이라면 이서하는 철혈님을 뛰어넘을 수도 있다.'

이서하는 원석과 같다.

단 한 번의 비무만으로도 그것을 알 수 있었다.

무슨 16살짜리가 50년은 전장에서 보낸 사람처럼 침착했으니 말이다.

잘만 키운다면 이 세상에서 가장 날카로운 검이 될 인재다.

'얼마나 위대한 검이 될지 보고 싶단 말이지.'

그렇기에 열심히 두드리는 것이다.

두드리면 두드릴수록 강해지는 검처럼 이서하도 무한하게 강해질 테니까.

하지만 그걸 말로 설명하기는 좀 그렇다.

'그럼 좀 두드려 볼까?'

박성진은 부대장을 보며 말했다.

"그럼 네가 좀 시험해 볼래?"

"시험이라면……?"

"제풀에 지쳐 나가떨어질 수도 있으니까. 네가 잘 굴려 봐. 버티면 인정해 주고."

이진수는 이해했다는 듯이 고개를 끄덕였다.

"아, 알겠습니다. 맡겨 주십시오."

"그래. 네가 부대를 이끌어 봐라."

박성진은 살짝 뒤로 빠지며 이진수에게 선두를 내주었다.

말로 해서는 이진수를 설득하기 어려웠다.

박성진 또한 단 한 번의 비무를 보고 판단한 것이기 때문에 설득력이 떨어졌다.

백문이 불여일견이라고 하지 않던가.

백 번 듣는 것보다 한 번 보는 것이 나으리라.

선두에 선 이진수는 맨 뒤에서 짐을 짊어지고 걸어오는 서하를 돌아보고는 말했다.

"속도를 올린다! 뒤떨어지는 놈들은 두고 갈 테니 그렇게 알아라!"

이진수는 전과는 비교도 할 수 없는 속도로 걸어 나가기 시작했고 김수종이 이진수의 옆에 붙으며 말했다.

"부대장님. 정말 이 속도로 갑니까? 몇 시진 못 가 다들 지칠 텐데요."

"알고 있다. 혹만 떼면 다시 원래 속도로 돌아갈 것이니 걱정하지 마라."

"혹이요? 아~."

김수종은 이서하를 돌아보고는 고개를 끄덕였다.

"좋은 선택이십니다."

두세 시진이 넘게 한결같은 속도로, 그것도 쉬지 않고 이동하는 것은 중급 무사들도 힘겨워하는 것이다.

거기다 지금은 속도까지 살인적으로 빨랐으니 생도 수준에서는 반 시진도 못 되어 떨어져 나갈 것이 뻔했다.

'제풀에 지쳐 떨어져 나가면 두고 갈 수 있지.'

낙오되면 그대로 두고 가면 될 일이다.

'얼마나 버티는지 볼까?'

이진수는 미소와 함께 행군을 계속했다.

"속도를 올린다! 뒤떨어지는 놈들은 두고 갈 테니 그렇게 알아라!"

이진수의 외침과 함께 행군 속도가 올라갔다.

옆에서 이것저것 설명하며 선임 노릇을 하던 박승아는 당황한 듯 나를 돌아보며 말했다.

"어? 원래는 이렇게 안 빠른데……."

"그래요?"

나는 대수롭지 않게 대답했다.

내 기준에서는 그렇게 빠른 것도 아니었다.

'전쟁 때랑 비슷한데.'

나찰과의 전쟁이 시작되고 전 국토가 전장이 되었다.

나찰은 어디든 존재했고 무사들은 전력 질주를 하듯 경공을 사용해 행군해야만 했다.

그 때문에 전쟁 초기에는 일반 무사, 선인 할 것 없이 모두 체력과 내력이 바닥난 상태에서 전투를 벌여야만 했고 참패했다.

'그래도 덕분에 경공 하나는 확실하게 배웠지.'

그나마 전쟁 후반부로 갈수록 무사들은 요령을 터득하기 시작했고 최소한의 체력과 내력을 남긴 상태로 전투를 할 수 있었다.

그중에서도 전쟁 끝까지 생존한 나는 그 누구보다 효율적으로 경공을 사용하는 무사였다.

경공은 내공과 외공의 절묘한 조화이기에 요령에 따라 더 오래, 그리고 빠르게 달릴 수 있었으니 말이다.

'선인들에게도 칭찬받을 정도였지.'

어쨌든 그렇게 한 시진 정도가 지났다.

박승아는 눈에 띄게 힘들어하고 있었다.

무리도 아니다.

그녀는 남들보다 배는 더 많은 짐을 짊어지고 있었으니까.

나는 박승아가 짊어지고 있는 지게를 힐끗 보며 말했다.

"그거 저한테 주시죠. 제가 들겠습니다."

"어? 네가? 아니야. 네가 다 들 수는 없지. 그래도 생도인데."

"원래 막내가 하는 거잖아요. 여기까지 들고 와 주신 것만으로도 감사하죠."

안 그러면 지게에 당신을 짊어져야 할 거 같아서 하는 말이다.

박승아는 잠시 고민하다 물었다.

"안 힘들겠어?"

"전혀 안 힘듭니다. 오히려 추월해 버릴까 생각 중인데요."

"진짜 대단하네. 성무학관에서는 애한테 뭘 시키는 건지."

박승아는 혼자 중얼거리다 말했다.

"그럼 좀 부탁할게."

나는 박승아의 지게에서 짐을 꺼내 내 것에 쌓기 시작했다.

움직이면서 하기는 힘든 작업이었으나 오래 걸리지는 않았다.

적당히 묵직한 것이 전쟁 때가 생각난다.

'그때도 이 정도 짊어졌지.'

아니, 솔직히 말하면 전쟁 때가 5배는 족히 더 무거웠던 것 같다.

마을까지 다 약탈당해 먹을 걸 전부 들고 다녀야 했으니 말이다.

그렇게 짐을 옮기고도 한 시진이 더 지나갔다.

박승아는 힘든지 거친 숨을 몰아쉬며 따라오고 있었고 다른 대원들도 속도가 느려지고 있었다.

'슬슬 쉬어야 할 텐데.'

이러다가는 대원들이 먼저 지친다.

적당한 휴식은 필수다. 계속 달리다가 완전히 지쳐 버리면 행군은 끝이었으니 말이다.

또 무리하게 달리다 근육에 무리라도 온다면 부상자가 생긴다.

행군 중 부상자를 만드는 건 지휘관이 할 수 있는 가장 멍청한 짓이다.

나는 박성진의 옆으로 가며 말했다.

"대장님. 슬슬 휴식해야 할 거 같습니다."

"그래? 그런데 어쩌나? 지휘권을 저기 이진수 부대장에게 위임했거든. 그에게 가서 말하게."

나는 미소 짓는 박성진을 바라봤다.

뭔가를 꾸미고 있는 얼굴이다.

무슨 생각인지는 모르겠으나 원정 중에는 대장의 말이 곧 법이다.

그가 부대장에게 위임했다면 그런 것이다.

나는 맨 앞의 이진수에게로 향했다.

"부대장님. 쉬었다 가야 할 거 같습니다."

"뭐? 왜? 힘든가? 쉬고 싶어?"

"아뇨. 저는 괜찮은데……."

나는 고개를 돌려 거도대원들을 돌아봤다.

전부 죽어 가고 있었다.

"이러다가 다 낙오할 거 같은데요. 마침 여기 근처에 물가도 있어 식사 준비도 수월할 거 같습니다."

그리고 당신도 낙오할 거 같아요. 부대장님.

"후우, 후우."

이진수는 거친 숨을 몰아쉬며 뒤를 돌아보고는 말했다.

"근데, 넌 뭔데 괜찮냐?"

"네?"

"아니. 아무것도 아니다."

이진수는 거친 숨을 몰아쉬다 말했다.

"여기서 잠시 쉬었다 간다. 10번. 힘 남으면 밥이나 해라. 9
번! 10번 데리고 가서 식사 준비를 시작해라."

"네!"

박승아가 창백한 얼굴로 외쳤고 이진수는 돌 위에 주저앉
아 나를 노려봤다.

반응을 보아하니 아무래도 내가 먼저 지쳐 낙오되기를 바
란 것만 같다.

'삽질하는 방법도 가지가지네. 저 인간도 고생한다. 고생해.'

머리가 안 좋으면 몸이 고생하는 법이다.

이진수는 지게를 짊어지고 물가로 향하는 이서하를 노려
보았다.

'저거 도대체 뭐야?'

그 속도로 두 시진을 달리고도 지친 기색이 없다.

상급 무사인 본인조차 힘들 정도로 빠르게 달렸는데 말이다.

그때 김수종이 옆으로 오며 말했다.

"후우, 안 떨어져 나가네요."

"확실히 실력은 있네."

"그럼 막내로 그냥 받아도 되는 거 아닙니까?"

"쯧."

이진수는 살짝 혀를 찼다.

어쨌든 기본기는 튼튼한 것만 같다.

김수종을 이긴 것이 우연은 아니라는 소리다.

'체력도 좋고, 무공 수준도 높고.'

이건하가 있음에도 청신의 미래라고 불릴 정도의 수준은 된다.

인정할 건 인정하자.

하지만 아직 조원으로 받아들이기는 힘들다.

'마수를 상대로 싸울 수 있는지를 봐야지.'

이진수가 생각에 잠겨 있을 때 박성진이 다가와 말했다.

"왜? 아직도 인정을 못 하겠냐?"

"실력은 확인했습니다. 수종이를 이길 정도의 무공 실력에 체력적으로나 내공 수준이나 흠잡을 게 없네요. 그래도 마수를 상대로는 다릅니다."

"그래?"

박성진은 자신과 똑같은 소리를 하고 있는 이진수를 내려다보았다.

처음부터 같이 다닌 놈이니 무리도 아니었다.

슬슬 삽질하지 않게 알려 줘야겠다.

"아아, 너는 못 들었지."

"네?"

"전에 북대우림 원정 때. 강무성이가 사람들 구해서 나온 적 있잖아."

"그랬었죠. 진짜 대단하셨죠. 어떻게 알고 그렇게 빨리 지원을 가셨는지. 혼자서 마수를 뚫고 들어가 수십 명이나 구하시지 않았습니까."

"그거 혼자 간 거 아니래."

"네?"

"나도 어제 들었는데. 우리 10번이랑 같이 갔다고 하더군. 둘이서 한 거래. 구출."

"……."

그 지옥 같은 북대우림에 들어갔었단 말인가.

저 꼬마가?

"사실입니까?"

"내가 왜 거짓말을 하겠어. 아, 그리고 이건 떠들지 마라. 본인이 알려지는 걸 싫어한다고 하더라. 줄 잘 서라. 10년 뒤에는 저 꼬마가 대장군일 수도 있어."

만약 강무성의 말이 사실이라면 그러고도 남을 것 같다.

이진수는 바짝 긴장하며 고개를 끄덕였다.

"아, 알겠습니다."

생각지도 못한 말에 당황도 잠시 이진수가 물었다.

"근데 그걸 아시면서 저한테 시험해 보라고 한 겁니까?"

"내 판단이 못 미덥다며?"

"제가 언제 그랬습니까?"

"왜? 두 시진 전에 말한 것도 까먹을 정도로 충격이 큰가?"

"하아……. 미리 말씀하셨으면 이런 삽질을 안 했죠."

"미리 말했어도 했을 거야. 못 믿겠다면서."

이진수는 크게 한숨을 쉬었다.

그때 저 멀리서 이서하가 밥을 짓는 것이 보였다.

이진수가 머뭇거리는 사이 박성진이 말했다.

"뭐 해? 가서 대신 밥이라도 지어."

"그건 아니죠! 그래도 지금은 제가 부대장인데."

"근데 왜 똥 마려운 개새끼처럼 그러고 있냐?"

"아, 모르겠습니다. 진짜 똥 마려운 거 같아요."

갑자기 저 작은 소년이 거물처럼 느껴지기 시작했고 긴장하니 속이 안 좋아진다.

이진수는 그렇게 배를 잡고 사라졌고 박성진은 깔깔거리며 웃었다.

나는 깔깔거리며 웃는 박성진을 바라보았다.

저 인간은 뭐가 저렇게 즐거울까?

중요한 일은 아니니 지금은 밥하는 것에 집중하도록 하자.

행군할 때는 여유가 있기에 이렇게 밥을 지어 먹을 수 있지만, 그것도 솔직히 맛있는 식사라고 하기에는 뭐하다.

'재료와 시간에 한계가 있으니 어쩔 수 없지.'

보통은 밥에 절인 배추나 무, 그리고 육포를 먹는다.

그냥 배를 채울 뿐 솔직히 먹는 것도 고된 일이다.

그렇다고 길 위에서 맛있는 반찬을 만들 수도 없는 일.

그렇기에 나는 밥을 맛있게 만드는 쪽으로 연구를 시작했다.

나는 풍미를 더해 줄 약초를 넣고 밥을 짓기 시작했다.

"그렇게 막 넣어도 돼? 그래도 약초인데……."

"이런 약초는 지천으로 깔려 있어서 괜찮습니다. 중간중간 행군하면서 제가 뜯기도 했고."

"행군하면서 약초도 뜯었어?"

나는 빙긋 웃어 보이는 것으로 대답을 대신했다.

어려운 일은 아니다.

내 몇 없는 장점 중 하나가 약초 구분하기였고 지금 사용하는 건 길바닥에서도 볼 수 있는 흔한 것들이니 말이다.

"근데 맛없으면 다 난리 날 텐데? 괜찮겠지?"

"믿어 보시라니까요."

회귀 전에는 밥을 태워 먹어 밟혔던 적이 있다.

말 그대로 밟혔다.

먼지 나게 맞았지. 도대체 뭘 했길래 밥 짓는 법도 모르냐며 말이다.

선임들에게 귀염받기 위해서는 밥을 잘해야 한다.

막내의 숙명이라고 해야 할까?

그렇게 완성된 서하류.

그 이후로는 우리 부대 사람들만의 별명이었지만 최고의 막내라는 소리까지 들었었다.

거의 30까지 막내였던 건 함정이지만.

'평화로운 세계에서 회귀했으면 요리사가 되었을 텐데 말이야.'

편안하게 음식점 차려서 아린이랑 같이 살면 행복하지 않을까.

아, 요리사면 아린이랑 결혼 못 하겠구나. 그럼 처음에는 무공을 좀 익히다가 숨은 고수가 되어야 하는 건가?

그렇게 상상 속에서 손주까지 볼 때 즈음 밥이 다 되었다.

약초의 향긋한 향과 식감을 책임져 줄 뿌리까지 들어가 있다.

'흠, 오랜만에 했는데 성공적이군.'

회귀하고 나서는 밥을 해 먹은 적이 없으나 그래도 몸으로 익힌 건 쉽게 잊지 않는 모양이다.

"침채(沈菜) 좀 준비해 주시겠습니까? 육포랑요."

"응. 바로 준비할게."

어느샌가 내가 박승아한테 명령을 내리게 되었다.

뭐, 군말 없이 따라 주니 상관없나.

나는 저 멀리 앉아 휴식 중인 대원들을 불렀다.

"식사 준비 끝났습니다!"

대원들은 재빠르게 다가와 밥솥을 살폈다.

다들 약초 밥을 보고는 놀란 얼굴이었다.

단순히 백미만 먹는 부대가 많았으니 약초 밥은 생소할 수밖에 없다.

그러던 중 한 여자가 물었다.

"10번, 네가 한 거야?"

"네. 제가 했습니다."

"우와 원정 중에 약초 밥을 다 먹어 보네."

"아이! 약초 넣으면 쓰잖아. 아, 진짜."

짜증을 내는 것은 김수종이었다.

먹어 보지도 않고 저런다.

저런 놈들이 꼭 한 그릇 더 달라고 그러지.

그때 이진수가 걸어와 밥을 확인하고는 말했다.

"네가 한 거냐?"

"그렇습니다. 이왕 먹는 거 맛있게 먹으면 좋지 않겠습니까?"

이진수는 잠시 생각에 잠겼다.

저 인간이 무슨 트집을 잡으려고 저렇게 뜸을 들일까?

보다 못한 김수종이 먼저 입을 열었다.

"어디서 어린 게 묻지도 않고 정해진 식사를 바꾸나? 부대장님. 부대장님도 한마디……."

"약초밥이면 좋지. 뭐가 문제야? 넌 먹기 싫으면 먹지 마라."

"네?"

이진수는 빠르게 걸어와 자기 식기에 밥을 퍼 갔다.

바로 한 입을 먹은 그는 과장된 표정으로 고개를 끄덕이고는 말했다.

"오! 맛있어. 잘했네. 잘했어. 내가 먹어 본 짬밥 중 최고구만."

뭐야? 저 어색한 칭찬은?

대장 박성진이 저 멀리서 웃고 있는 걸 보아 뭔가 모종의 대화가 오간 것만 같다.

당황한 김수종은 얼른 이진수에게 달려가 말했다.

"부대장님. 갈궈서 내보내기로 했잖아요."

"내가 언제? 이 새끼가. 갈굴 생각 하지 말고 막내 잘 챙겨. 알았냐?"

"아니, 부대장님?"

나름 작게 말한다고 했지만 다 들렸다.

어쨌든 부대장님이 나에게 호의를 보이는 건 좋은 일이다.

남은 대원들은 번호순으로 밥을 퍼 가고 모두 고개를 끄덕였다.

약간의 고소함과 아삭한 식감만 들어가도 밥이 한결 맛있어지기 마련이다.

김수종도 투덜거리며 먹다가 슬쩍 내 눈치를 보고 밥을 물 마시듯 마셔 버렸다.

그때 박성진이 옆에서 말했다.

"맛있네. 청신에서는 이런 것도 가르쳐?"

"개인 취미입니다."

"청신 도련님이 요리가 취미라고? 너희 할아버지가 거기 떨어진다고 하지 않든?"

"오히려 무사가 밥을 못하면 오지에서 굶어 죽을 거라고 하시던데요?"

"하긴, 그것도 그래. 은근히 중요한 능력이지."

물론 할아버지가 그런 말을 한 적은 없다.

그래도 무사는 요리할 줄 알아야 한다.

이 약초 밥도 아무것도 없는 곳에서 냄새나는 야생 쌀을 어떻게든 더 맛있게 먹기 위해 만든 거니 말이다.

그렇게 식사가 끝나고 나는 재빨리 설거지를 시작했다.

설거지라고 해 봤자 흐르는 물에 쇠솥을 박박 닦을 뿐이지만 말이다.

박승아는 재빨리 식기를 챙겨 일어났다.

"밥도 네가 하고 설거지도 네가 하면 난 뭐 해?"

그래도 설거지는 자기가 하겠다며 박승아가 전부 가져가 준 덕분에 조금은 쉴 수 있었다.

행군 속도는 다시 느려졌다.

전쟁 전에는 이런 속도로 행군했구나.

무과에 합격하고 몇 년은 수비대에 있었고 전쟁이 터진 후에는 반강제적으로 원정대에 들어가 미친 듯이 뛰어다녔다.

'풍경 예쁘네.'

수도 없이 보았던 풍경이 아름답다.

'부디 큰일 없기를.'

평화로운 원정이 이어지고 있었다.

◆ ◈ ◆

천우진은 동산 위에서 이동하는 원정대를 바라봤다.

"박성진. 32살. 백의선인."

현재 이 나라의 선인은 세 가지로 나뉜다.

첫째 왕자 신유민을 지지하는 세력.

둘째 왕자 신태민을 지지하는 세력.

마지막으로 그 어느 쪽도 지지하지 않으며 성실하게 봉사하는 세력.

은월단이 제거해 달라고 부탁한 것은 신유민을 지지하는 세력이 아니라 중립인 마지막 부류였다.

그 누구도 지지하지 않으며, 앞으로도 지지하지 않을 인물.

박성진은 그중에서도 꽤 능력 있다고 평가받는 인물이었다. 앞으로 5년 정도만 더 있으면 충분히 홍의를 입고도 남을 것이라는 평가를 받고 있었다.

"은월단은 신태민 편 아닌가? 그럼 신유민 지지 세력을 죽이지 중립을 죽이고 있네."

약간의 의구심이 들었으나 뭔 상관이랴.

암부는 그냥 아무 생각 없이 의뢰를 처리하고 돈만 받으면 된다.

정치하는 놈들 생각을 읽으려고 하다가는 괜히 머리만 아파진다.

"내가 알 바는 아니지."

천우진은 멀리서 거도대원들의 숫자를 셌다.

딱 봐도 뭔가 많아 보였다.

"하나, 둘, 셋, 넷……."

총 11명.

거도대(巨濤隊)는 대장인 박성진 포함 총 10명이라고 들었는데 말이다.

'중간에 한 명 정도 추가되는 건 흔한 일이니 신경 쓸 일은 아닌가?'

사전 정보와 현장에는 항상 작은 차이가 생길 수 있었으니 신경 쓸 일은 아니다.

어차피 중급 무사일 테니 바뀌는 건 없다.

"빨리 죽이고 돈 받아야지."

성도에서 수도 천일까지 올라오는 데 받은 선금을 전부 써 버렸다.

방탕하게 쓰긴 했지만 그래도 너무 적은 거 아닌가? 하는 생각이 든다.

아무리 그래도 임무를 몇 개나 가져왔는데 말이야.

어쨌든 박성진 정도만 잡아 줘도 앞으로 한두 달은 원 없이 놀고먹을 수 있다.

"최대한 은밀하게 암살해 달라고 했었지."

지금 당장 달려들어 싸우는 방법도 있지만 그랬다가 대원 중 한 명이라도 도망쳐 버리면 또 예담 누님의 잔소리를 들을 것이다.

제발 의뢰인의 요청도 생각하며 움직이라고 말이다.

"천마산으로 간다고 했었나?"

일단 원정대가 산에 돌입해 마수와 싸울 때까지는 기다릴 생각이었다.

"가불이라도 받아 올걸."

천우진은 육포를 질겅질겅 씹으며 원정대의 뒤를 밟았다.

천마산(天摩山).

하늘을 만질 정도로 높다는 뜻의 산이었다.

등선이 길지는 않지만 높은 봉우리를 가지고 있었고 그만큼 험준했기에 나찰이 꽤 많이 숨어 있다고 알려져 있다.

내가 천마산을 올려 보고 있을 때 김수종이 어깨동무를 하며 말했다.

"우리 막내. 긴장되냐?"

행군하면서 대원들과는 꽤 친해질 수 있었다.

부대장인 이진수가 살갑게 굴기 시작하면서 그 밑 번호들은 전부 마음을 풀었다.

거기다 마을을 지날 때마다 중간중간 맛있는 음식을 해 주니 정식 대원이 되어 달라고 부탁까지 할 정도.

역시 인간은 먹는 거로 꼬시는 게 최고다.

"긴장하는 사람은 따로 있는 거 같은데요."

나는 박승아를 바라봤다.

심호흡하던 그녀는 나와 눈을 마주치고는 고개를 흔들었다.

"아니야. 아니야. 긴장 안 했어."

"들어온 지 반년이나 지났으면서. 좀 익숙해져라."

"네! 죄송합니다."

김수종의 말에 박승아는 심호흡을 시작했다.

나도 1년은 저랬지.

마수를 상대하는 것은 쉬운 일이 아니다.

특히나 무사들은 늦든 빠르든 동료를 잃는 경험을 하기 마련이다.

그렇기에 특별한 부상이 없더라도 정신적인 문제로 은퇴하는 이들이 3할은 된다.

대장 박성진과 부대장 이진수는 마을에서 정보를 얻은 뒤 돌아왔다.

"현지 정보원의 말에 의하면 대군의의 숫자는 대략 200마리 정도라고 한다. 정신만 똑바로 차리면 부상자 하나 없이 처리할 수 있는 수니 너무 겁먹지 말고 평소대로 해 주길 바란다."

박성진의 말대로 대군의 200마리는 그리 많은 수가 아니었다.

선인과 상급 무사가 둘. 거기에 중급 무사까지 일곱이었으니 큰 실수를 하지 않는 이상 사상자가 나올 확률은 적다.

"내가 앞장서고 1번 이진수가 후미를 맡는다. 9, 10번은 중앙에서 대기하다 고전하는 쪽이 있으면 지원하라."

"넵!"

막내들이 짐꾼, 요리, 불침번까지 도맡아 하는 이유는 선임들이 최전선에서 싸우기 때문이다.

강압적이면서도 합리적으로 돌아가는 곳이 원정대라는 소리다.

원정대는 천마산 안으로 돌입한 뒤 조심스럽게 움직였다.

대군의 사냥은 몇 가지만 지키면 전혀 어렵지 않다.

'대군의 사냥법은 각개 격파.'

대군의(大群蟻)는 이름에서도 드러나듯 무리를 짓는 습성이 있으나 수백 마리가 모여 다니지는 않는다.

이들은 효율적으로 먹이를 찾기 위해 작게는 다섯 마리, 많게는 열 마리씩 무리를 짓는다.

이것들을 천천히 각개 격파만 한다면 수월하게 임무를 완수할 수 있을 것이다.

'반대로 무리가 모이면 골치 아프지.'

각개 격파에 실패해 한 마리라도 놓치면 지원군이 사방에서 몰려올 것이다.

아무리 각 개체의 힘이 약하다고 하더라도 200마리나 모이면 먹이가 되는 건 원정대가 될 것이다.

"신중하게 간다. 각개 격파 중 한 마리라도 놓치면 그걸로 임무 실패. 바로 후퇴한다. 알겠나?"

"넵!"

한 마리라도 놓치면 바로 후퇴.

실책을 만회하기 위해 욕심 부리지 말라는 소리였다.

괜히 도망치는 대군의를 잡겠다고 따라가다가는 역으로 포위당할 수 있으니 가장 중요한 점을 지적했다고 볼 수 있다.

"그럼 돌입한다."

천마산 안으로 진입한 원정대는 조심스럽게 이동했다.

박성진의 말대로 나는 박승아와 함께 중앙에 있었다.

박성진이 앞에서 상황을 살피며 걸어가고 양옆으로 3명씩 배치되었고 맨 뒤는 이진수가 맡았다.

이윽고 첫 번째 대군의 무리가 눈에 들어왔다.

3척 정도 크기의 큰 개미들이 옹기종기 모여 사슴을 뜯어가고 있었다.

박승아는 인상을 찡그렸다.

"으, 완전 징그러워. 난 곤충(昆蟲)형 마수가 제일 싫더라."

밝은색의 동그란 머리.

거대한 가위와도 같은 생김새의 턱을 가지고 있었으며 여섯 개의 얇은 다리에는 갈색 털이 숭숭 나 있었다.

곤충형 마수들은 혐오감을 불러일으키는 외견을 하고 있었기에 딱히 좋아하는 무사들은 없다.

"대군의는 처음이신가요?"

"응? 응. 마수는 종류가 많으니까."

6개월 차라면 대군의에 대해 잘 모를 수도 있었다.

박성진도 혹시나 모르는 대원이 있을까 짧게 설명했다.

"대군의(大群蟻)는 턱만 조심하면 된다. 방향 전환이 느리니 첫 번째 공격을 옆으로 피하고 머리를 내려쳐 죽이면 쉽게 제압할 수 있다. 알겠나?"

"네!"

"그럼 포위해서 제거한다. 9번과 10번은 적당히 거리를 두고 도망치는 대군의가 있나 확인해라."

일단 전투에 참여시켜 주지 않는구나.

현재 눈앞의 대군의는 총 5마리였다.

박성진이 한 마리, 이진수가 한 마리, 나머지 세 마리를 8명이 한 번에 처리하는 것이다.

이윽고 박성진을 필두로 거도대가 움직였다.

"공격!"

박성진의 외침에 대원들이 일제히 움직여 5마리의 개미를 순식간에 제거했다.

도망치는 개미가 있나 확인하라고 했지만 그럴 필요도 없을 정도로 깔끔했다.

무기인 거대한 도를 닦아 낸 박성진은 대원들을 돌아보며 말했다.

"이렇게 39번만 더 하면 된다."

"쉽네요. 하하하. 이번 임무는 완전 휴가인데. 밥도 맛있고."

김수종이 말하자 이진수가 그의 배를 때렸다.

"긴장 풀지 마라."

"죄송합니다. 그래도 쉬웠잖아요."

박성진은 미소와 함께 말을 이어 갔다.

"강한 마수는 아니지만 한 마리라도 놓쳤을 때는 그 어떤 마수보다 무서워질 수 있다. 긴장 풀지 마라. 그럼 이동하자."

박성진은 다시 천천히 부대를 이끌고 이동하기 시작했다.

'실력이 좋네.'

확실히 박성진은 실력이 좋다.

이진수도 선인이 될 싹수가 보였다.

나머지도 원정대에 들어온 대원들인 만큼 자신이 맡은 바를 실행할 실력을 갖추고 있었다.

'꽤 강한 원정대인데.'

소규모 원정대치고는 상당한 실력자들이 모여 있다.

'그런데 왜 내가 몰랐지?'

전쟁 전에 전멸이라도 한 것일까?

일단은 이번 일에 집중하자.

대군의가 아무리 토벌하기 쉽고 약한 마수라고 하더라도 위험 부담이 없는 수준은 아니니 말이다.

토벌은 계속해서 이어졌다.

천우진은 멀리서 상황을 지켜보았다.

'대군의(大群蟻). 괜찮은 마수지.'

사고가 나기 딱 좋은 마수다.

실수 한 번이 전멸로 이어지는 마수인 것은 물론 시체는 물론 옷가지까지 완벽하게 먹어 치우는 만큼 흔적이 남을 일도 없다.

암살이 별것인가?

목격자가 없으면 그게 암살이지.

천우진은 무사들을 평가했다.

'쓸 만한 건 박성진, 그리고 저 후방에서 싸우는 놈뿐이네.'

박성진은 선인다운 실력을 갖추고 있었다.

그러나 어차피 젊은 백의선인일 뿐.

천우진의 상대가 될 정도는 아니다.

후방에서 싸우는 이진수도 재능은 보였다.

젊은 나이에 상급 무사가 되었고 이대로 가면 선인까지는 넘볼 수 있는 재능.

'막내 둘은 싸우지 않고.'

9번과 10번은 싸우지 않았기에 정확한 실력을 볼 수 없었으나 굳이 확인할 필요가 있을까?

전력 외로 분류해도 될 것이다.

"이제 일하자. 일."

천우진은 몸을 일으키며 기지개를 켰다.

토벌은 계속되었다.

서두르지 않고 각개 격파를 이어 갔고 내가 나설 차례는 없었다.

주먹밥이나 만들어야겠다.

전장에서는 마음 놓고 식사 준비를 할 수 없었기에 주먹밥 같은 것으로 끼니를 때웠다.

그것도 남은 밥이 있을 때나 가능한 일.

시간이 지나면 육포나 풀뿌리 같은 것을 씹으며 싸워야 한다.

그때 옆에서 김수종이 말했다.

"야야, 나 주먹밥 하나 더 만들어 주면 안 되냐? 하나는 지금 먹게."

"하나 더 만들어 줄 만큼은 없습니다. 조금 크게 만들어 드리죠. 그리고 지금 먹으면 안 됩니다. 점심에 혼자 뭐 하시게요?"

어쩌다 보니 걸어 다니는 밥통이 된 거 같은 기분이다.

김수종은 낄낄거리며 말했다.

"그러니까 하나 더 만들어 달라고. 지금 하나 먹고, 이따 하나 더 먹고."

"안 됩니다."

"에이, 깐깐하네."

김수종은 입맛을 다시다 말했다.

"잠시 쉬는 거 어떻습니까? 배고픈데."

"그럼 한 무리만 더 잡고 쉬자. 이 근처에 있다."

박성진은 바닥에 난 대군의 흔적을 보며 말했다.

이번에는 10마리로 이루어진 비교적 큰 무리가 나타났다.

10마리를 상대할 때는 작전을 조금 달리해야만 한다.

박성진도 같은 생각인지 말했다.

"일단 포위한 뒤 공격한다."

10명이 10기를 포위한다는 게 힘든 일처럼 느껴져도 확실히 사냥하려면 그 방법뿐이다.

"북쪽은 내가 막는다. 나머지 4명씩 서쪽과 동쪽을 막고 1번과 10번이 남쪽을 막는다."

드디어 내가 출격한다.

실력이 떨어지는 대원들을 4명씩 묶고 나와 이진수 둘이 남쪽, 그리고 박성진 혼자 북쪽을 막는 작전이다.

그러자 김수종이 걱정스러운 얼굴로 말했다.

"아무리 그래도 우리 막내를 보호할 사람이 필요하지 않겠습니까? 부대장님이라도 단둘이서는 좀……."

이진수는 피식 웃으며 말을 끊었다.

"야, 그 막내가 너보다 강해. 걱정하지 마라."

"아! 형님. 사실이어도 그런 말은 좀 그렇죠."

김수종의 반응에 모두가 웃을 때 박성진이 나에게 말했다.

"할 수 있지?"

"네, 할 수 있습니다."

이진수가 없어도 충분히 할 수 있는 일이다.

어차피 한 마리도 빠져나가지 않게 막기만 하면 되니까.

"좋아. 그럼 움직인다."

거도대는 작전대로 움직였다.

나와 이진수는 남쪽에 자리를 잡았다.

은밀하게 이동해 자리를 잡았고 박성진의 신호와 함께 대군의를 향해 달려들었다.

"공격!"

육감을 유지하고 있던 나는 박성진과 동시에 대군의를 향해 달려들었다.

사람의 수는 총 11명.

대군의의 숫자는 10기였기에 한 사람당 하나씩만 죽여도 여유롭게 처리할 수 있다.

하지만 박승아를 비롯한 하위 번호의 중급 무사들은 고전할 수도 있으니 박성진과 이진수, 그리고 내가 최대한 많은 수를 잡아야 했다.

"키키키킥!"

대군의는 관절 소리인지, 울음소리인지 모를 소리를 내며 턱을 내밀었다.

대군의와 같이 공격 방법이 하나뿐인 마수를 상대할 때는 첫 공격을 기다리는 것이 좋다.

어차피 뻔한 공격이 날아올 뿐이니 기다렸다 반격하면 쉽게 잡을 수 있다.

나는 대군의의 공격을 옆으로 피한 뒤 목을 내려쳤다.

"키이익!"

대군의의 목이 떨어지고 나는 육감으로 주변 상황을 살폈다.

중급 무사들도 그리 어렵지 않게 제압해 나가고 있었다.

그런데 그 순간 내 육감에 빠져나가는 개미 한 마리가 포착되었다.

북쪽 방향.

박성진이 맡은 곳이었다.

'뭐야?'

전혀 걱정하지 않던 곳이 뚫렸다.

육감에는 가만히 서 있던 두 사람이 느껴졌다.

잠깐.

두 사람?

박성진은 혼자 북쪽을 막기로 했다.

그렇다면 나머지 한 사람은…….

"끄으윽!"

박성진 쪽으로 시선을 돌린 나는 잠시 멍해졌다.

한 남자가 박성진의 심장에 검을 꽂아 넣고 있었다.

그 광경을 본 거도대원들 또한 멍한 얼굴로 중얼거릴 뿐이
었다.

"대장님……."

남자는 박성진의 몸에서 칼을 뽑아낸 뒤 말했다.

"일단 목표는 완수했고."

박성진이 쓰러졌고 이에 가장 먼저 반응한 것은 김수종이
었다.

"대장니이이이이이임!"

절규와 함께 달려들던 김수종은 남자의 대검에 그대로 목
이 날아갔다.

충격적인 장면에 모두가 놀란 표정을 지었으나 남자는 너
무나도 태연하게 말했다.

"뭐 해? 복수 안 할 거야?"

거도대원들을 모두 도발하기에 충분한 한마디였다.

"죽여!"

이진수의 외침에 박승아를 제외한 모두가 달려들었고 나
는 바로 극양신공을 사용했다.

'다 죽는다!'

박성진을 누구도 모르는 사이에 죽이고 김수종을 단칼에
베어 버린 사람이다.

이대로 가면 다 죽는다.

남자는 압도적으로 강하다. 선인, 아니, 그 이상의 힘을 가
지고 있다.

흥분한 대원들은 하나씩 달려들었고 남자는 한 합에 한 명
씩 베어 넘겼다.

전부 구할 수는 없다.

하지만 바로 옆에 있던 이진수라면 구할 수 있을 거다.

아니, 구해야 한다.

"으아아악!"

기합과 함께 달려드는 이진수.

하지만 이진수가 도(刀)를 내려치는 것보다 남자의 검이
더 빨랐다.

남자의 검이 이진수를 반토막 내기 직전에 나는 이진수의
뒷덜미를 잡아끌었다.

남자의 검이 이진수의 가슴을 스쳤고 피가 뿜어져 나왔다.

하지만 얕다.

다행히도 치명상은 아니었다.

"호오?"

나는 남자와 눈을 마주쳤다.

"뭐야? 10번이 제일 강해?"

이진수를 구한 것까지는 좋았다.

이제 어떡하지?

'쯧, 뭘 어떡하냐?'

나는 천광을 꺼내 들고 나지막이 중얼거렸다.

"에라, 모르겠다."

죽자고 하면 살 것이오, 살자고 하면 죽을 것이다.

곧 대군의의 군대가 몰려올 것이다.

그때까지만 살아남으면 또 모른다.

마수와 뒤엉켜 싸우다 보면 활로가 열릴지 누가 아느냐?

어차피 이판사판. 죽기 아니면 까무러치기다.

Chapter 22.

천우진은 나뭇가지에 앉아 원정대가 전투를 시작하기를 기다렸다.

목표는 오직 박성진.

그만 빠르게 처리할 수 있다면 나머지는 한칼에 전부 죽일 수 있다.

이윽고 전투가 시작되었고 천우진은 박성진이 혼자가 되는 순간 바로 움직였다.

옆에 부하들이 있다고 암살이 힘든 건 아니지만 변수는 적을수록 좋다.

그렇게 박성진이 대군의에 정신이 팔린 순간.

천우진이 그의 뒤로 접근해 검을 꽂아 넣었다.

심장이 뚫리는 느낌이 손끝으로 전해졌다.

"크윽!"

박성진이 힘을 짜내 뒤를 돌아보는 순간 천우진은 검을 빼냈다.

선인이든 뭐든 심장을 찔리면 끝이다.

가장 귀찮은 상대는 쓰러졌고 남은 건 목격자를 없애는 것이다.

'목격자가 없으면 그게 암살이지.'

천우진은 스스로도 어이가 없는지 피식 웃으며 당황한 대원들을 바라봤다.

"대장니이이이이이임!"

성격이 불같은 김수종이 먼저 달려들었다.

이렇게 차례대로 와 주면 오히려 고맙다.

천우진은 단칼에 김수종을 베어 넘기고는 말했다.

"뭐 해? 복수 안 할 거야?"

끈끈한 유대로 뭉친 원정대를 도발하기에 이보다 좋은 말이 있을까?

"죽여!"

한 남자의 외침에 대원들이 달려들었고 모두 천우진의 칼에 이슬이 되어 사라졌다.

마지막으로 이진수가 달려드는 순간이었다.

'부대장인가?'

나름 재능을 보이던 녀석.

하지만 아직은 일 합짜리 피라미일 뿐이다.

그렇게 반토막 내려는 순간 이진수의 몸이 뒤로 움직였다.

"응?"

그 누구도 맹렬히 돌진하다 저리도 빨리 퇴보(退步)를 밟을 수 없다.

황당함도 잠시 천우진은 1번을 잡아끈 무사를 발견할 수 있었다.

짐을 들고 다니던 10번이었다.

'그 거리를 달려와 선배의 뒷덜미를 잡아끌었다?'

한마디로 1번보다 빠른 속도로 달려와 속도를 줄인 것이다.

엄청난 수준의 외공과 내공을 가지고 있다.

거기에 판단력까지.

10번이라 유대감이 적어서 그런 것인지, 아니면 분노한 상황에서도 냉철한 판단을 내린 것인지는 모르겠으나 감정에 몸을 맡기고 돌진한 녀석들보다는 실력이 좋다고 볼 수 있다.

"호오?"

이거 아무래도 전력 평가를 잘못한 것만 같다.

"뭐야? 10번이 제일 강해?"

10번은 몸을 일으켰다.

앳된 얼굴.

약관이 되지 못한 듯싶었으나 그럴 리는 없다.

원정대에는 무과에 통과한 이들, 그것도 웬만하면 중급 무사들만 배치되었으니 최소 18살은 넘었을 것이다.

'그래, 동안(童顔)인 것들이 있지. 부럽다. 나는 약관에도 지천명 소리를 들었는데.'

천우진은 슬픈 과거를 떠올리다 고개를 흔들었다.

그사이 10번의 몸이 황금빛으로 빛나고 있었다.

'뭐야?'

기의 발현(發現)은 내공 수준이 어마어마하게 높아야만 가능하다.

하지만 황금빛과 은빛은 다르다.

양기, 혹은 음기가 폭주하고 있다는 소리였고 이는 아무리 내공이 적더라도 겉으로 드러났다.

그렇다고 10번의 내공 수준이 낮은 것도 아니다.

햇빛이 없어 어두운 산을 밝힐 정도의 기운에 천우진은 표정을 굳혔다.

"야, 꼬마. 너 그거 뭔지는 알고 쓰는 거야?"

"아무렴요."

"너 그러다 장기 다 타서 죽는다."

"지금 칼 맞아 죽는 것보다는 낫지 않겠습니까?"

"오, 똑똑한데? 네 말이 맞네."

끝까지 발버둥 치는 사람이 싫지는 않다.

결과는 다르지 않겠지만 말이다.

"너는 한 합에 죽지 마라."

"그럴 생각 없습니다."

10번의 공격이 시작되고 천우진은 적당히 받아 주었다.

흥미가 생겼기 때문이다.

이 앳된 무사의 실력이 어느 정도일지 조금은 보고 싶었다.

'선인급, 아니, 그 평범한 선인보다는 위인가?'

극양의 기운은 생명력을 태워 폭발적인 힘을 얻을 수 있다.

하지만 그것을 차치하더라도 이 어린 무사의 실력은 굉장했다.

'기대 이상이군.'

하지만 볼 건 다 본 거 같다.

어차피 극양의 기운으로 끌어올린 실력.

진짜 강함이라고는 볼 수 없다.

천우진은 슬슬 공격을 시작했다.

환영보(幻影步).

암부의 암살자들이 사용하는 이 기술은 천우진이 발전시킨 무공이었다.

환영을 남길 정도로 빠르게 이동하는 보법.

……이라고 알려져 있으나 실상은 다르다.

'환영을 남기는 보법이다.'

어깨를 보면 그 사람이 움직이려는 방향을 알 수 있다. 환영보는 바로 그 어깨의 움직임으로 상대에게 혼란을 준다.

찰나의 순간만으로도 미래의 일을 예측하는 고수의 싸움에서는 찰나의 착각 또한 치명적이다.

천우진은 좌로 이동하는 척 움직이다 우측으로 몸을 틀었다.

10번의 눈은 왼쪽으로 돌아갔다.

이것이 환영보(幻影步).

적의 시선은 존재하지도 않는 환영을 따라갈 수밖에 없다.

'아쉽네.'

천우진은 10번의 뒤로 돌아가 목을 내려쳤다.

그 순간이었다.

챙!

10번의 검이 천우진의 공격을 막았다.

"응?"

천우진이 당황하는 그 순간 이서하가 그를 튕겨 내고는 말했다.

"이게 답니까?"

천우진은 당당하게 서 있는 어린 무사를 향해 감탄을 뱉었다.

"와, 좋네. 마음에 들었어. 이런 상황만 아니었으면 좋았겠지만."

그리고는 표정을 굳힌다.

제대로 놀아 볼 수 있을 것만 같은 상대였다.

"그럼 나도 조금은 진심으로 가지."

천우진 주변의 대기가 떨리기 시작했다.

◆ ◇ ◆

오메, 죽을 뻔했다.

완벽하게 속아 시선이 잘못된 방향으로 돌아가 버렸다.

'육감 없었으면 죽었다.'

육감이 놈의 움직임을 정확하게 포착했고 이상한 자세로 나마 그의 공격을 막을 수 있었다.

낙월검법을 익히지 않았다면 이런 자세로 막을 수 없었겠지.

일단 막았으니 허세다.

"이게 답니까?"

대군의가 몰려오면 곤란한 건 피차일반이었으니 제발 이쯤에서 물러가 줬으면 하는 마음에서 나온 허세였다.

그러나 내 생각과 달리 남자는 즐거워했다.

아이씨.

아무래도 망한 거 같다.

"와, 좋네. 마음에 들었어. 이런 상황만 아니었으면 좋았겠지만. 그럼 나도 조금은 진심으로 가지."

아니, 지금 대군의가 몰려오고 있다니까?

하지만 이미 흥분한 남자의 머리에는 나를 죽이는 것 말고는 아무런 생각이 없는 것만 같았다.

어쩔 수 없다.

이 악물고 버티는 수밖에.

대군의가 몰려오면 저놈도 어쩔 수 없이 후퇴하지 않겠는가?

나는 어쩌냐고?

몰라, 그때 가서 생각하자.

'후우, 버틸 수 있다. 낙월검법은 일류를 넘어 초일류 무공이니까.'

낙월검법은 몸을 극한으로 혹사한다.

관절, 힘줄, 근육. 신체 모든 부위가 최대치로 가동하며 기이한 움직임을 만들어 낸다.

이는 요술이라는 예상할 수 없는 패를 가진 나찰을 상대하기 위함이다.

그 어떤 공격에도 반응하고, 또 반격할 수 있도록 고안된 고문과도 같은 무공.

그것이 낙월검법이다.

그것을 인간 상대로 사용하면 어떨까?

실력 차가 나더라도 절대로 지지 않는 무적의 무공이 되는 것이다.

'몸은 망가지지만…….'

한계치 이상으로 움직이는 몸은 과부하가 걸려 점점 닳아 간다.

극양신공이 생명력을 꺼트린다면 낙월검법은 그릇을 파괴하는 무공이었다.

그렇기에 낙월검법을 사용하던 과거의 영웅들이 40을 넘기기 힘들었던 것.

'그래도 16살에 죽는 것보다는 낫지.'

온몸이 망가져 침대 위에서 앓다 죽더라도 지금 죽는 것보다는 낫다.

인식의 속도를 뛰어넘은 공격에 지금까지 수련해 온 몸이 반응했다.

시간이라는 개념은 이미 머릿속에서 사라졌다.

쏟아지는 공격에 나는 죽지 않기 위해 몸을 태웠다.

이곳에서는 죽을 수 없다.

나는 살아남을 것이다.

미래를 전부 버려서라도.

'일단은 살아남는다.'

그리고 그 순간이었다.

챙!

남자의 검이 부러져 하늘로 날아갔다.

황금빛 불꽃을 머금은 천광은 마치 승리를 즐기듯 진동했다.

'어라?'

나와 남자가 서로를 당황한 표정으로 바라봤다.

뭐야? 내가 이겨 버렸네?

막는 데 급급해서 천광의 존재를 잊고 있었다.

나찰의 피부마저 두부처럼 썰어 버리는 천하제일의 명검.

거기에 양기까지 있는 대로 가져다 박았으니 평범한 검은 버티지 못하고 부러지는 게 당연하다.

이게 바로 무기빨이라는 건가?

남자는 어안이 벙벙한지 부러진 검만 바라보다 말했다.

"너 이름이 뭐냐?"

"알아서 뭐 할 겁니까? 우리가 통성명할 사이는 아닌 거 같은데요."

"그래? 난 천우진이다. 아쉽네. 그래도 내 손으로 끝을 보고 싶었는데."

천우진?

아…….

현재 40대 중반 정도의 나이에 이 정도의 실력을 갖춘 천우진이라면 누군지 알 것만 같다.

우상검객(愚上劍) 천우진.

어리석은 상관이라는 뜻이 있는 별칭이었으나 반대로 누군가는 어리석은 상관을 가진 검객이라는 뜻으로도 해석했다.

그리고 둘 다 사실이다.

천우진은 자살과도 같은 돌격을 해 부하들을 전부 잃은 뒤 직속상관을 벴다.

물론 그가 직속상관을 벴다는 사실은 잘 알려지지 않았

다.

나 역시 서기관의 비밀 기록을 보고서야 그 사실을 알았으니 말이다.

'홍의선인(紅衣仙人) 천우진.'

20대 후반의 나이로 홍의를 입은 전설의 인물이 암부가 되어 나타난 셈이었다.

내가 놀란 사이 천우진은 말을 이어 갔다.

"만약 네가 이곳에서 살아남는다면 그때는 친구로 만나길 바라지."

천우진은 그 말을 끝으로 사라졌다.

따라가고 싶지도 않고 그럴 실력도 없다.

거기다가 나는 아직 생존한 두 사람을 챙겨야만 한다.

겁을 먹어 달려들지 못한 박승아와 내가 살린 이진수를 말이다.

천우진이 영역에서 사라지자마자 백 마리는 족히 넘는 대군이가 몰려오는 것이 느껴졌다.

생존을 건 두 번째 전투가 시작되었다.

'살아남아 보자.'

그 아수라장에서도 살아남은 나다.

어떻게든 살아남으리라.

나는 남은 양기를 끌어올려 불꽃을 더욱 크게 만들었다.

◆ ◈ ◆

이서하와 천우진의 전투가 시작되자마자 박승아는 바로 이진수를 향해 달렸다.

겁에 질려 모두가 달려들 때 뒤에 남은 한 사람.

그러나 덕분에 부상당한 이진수를 돌볼 수 있었다.

"부대장님……!"

가슴을 베이긴 했으나 장기가 다칠 정도는 아니었다. 출혈만 막는다면 위험하지는 않다.

박승아는 재빨리 응급 처치 도구를 꺼냈다.

지혈용 가루를 뿌리고 재빨리 붕대를 감는다.

하지만 이진수의 시선은 서하에게로 고정되어 있었다.

"어떻게……?"

서하는 괴한과 호각으로 다투고 있었다.

눈으로 따라가기도 힘든 공격을 전부 막고 있다.

"너는 어떻게……?"

어떤 인생을 살았길래.

어떤 수련을 했길래.

어떤 목표를 가지고 있길래.

그 나이에 그렇게 강할 수 있는가?

그사이 붕대를 다 감은 박승아가 부들부들 떨리는 목소리로 말했다.

"마, 막내 도와야죠."

"아니, 우린 방해야."

이진수는 이를 악물었다.

방해다.

저 전투에 들어가는 것 자체가 민폐다.

"지금은. 지금 우리는 짐이다."

막내의 짐이다.

인정하기는 죽기보다 싫지만 그게 현실이었다.

서하가 이겨 주기를 기도하는 것 말고는 할 수 있는 일이 없다.

그렇게 기도하는 순간이었다.

괴한의 검이 부러져 날아가고 승패가 갈렸다.

"이겼다⋯⋯."

대장을 한칼에 죽이고, 나머지 대원들을 마치 어린아이처럼 다루던 그 무사를 이겼다.

16살의 꼬마가, 마치 재앙과도 같았던 놈을 이긴 것이다.

무기가 부러진 괴한은 몇 마디를 주고받더니 사라졌다.

그리고 이진수는 자신을 향해 다가오는 막내를 올려 보았다.

변한 거 없는 그의 모습이 달라 보였다.

'10년 뒤에는 저 꼬마가 대장군이다.'

대장 박성진이 했던 말을 진심으로 믿을 수 있게 되었다.

이서하는 이진수에게 손을 내밀며 말했다.

"일어나세요. 살아남아야죠."

"그래……."

이진수는 고개를 끄덕였다.

"살아남자."

10살은 더 어린 이 남자를 따라가고 싶어졌다.

그러면 복수도 할 수 있을 것만 같다.

그러기 위해서는 지금, 이 순간 살아남아야만 했다.

탁! 탁! 탁!

사방에서 대군의 무리가 몰려와 턱을 여닫기를 반복했다.

마치 먹이를 바라보는 포식자처럼.

하지만 황금빛으로 타오르는 이서하와 함께라면 죽을 거 같지 않았다.

"명령을 내려라."

"돌파합니다. 저에게서 떨어지지 마세요."

"죽어도 안 떨어질 거다. 걱정 말고 달려. 절대 뒤돌아보지 말고."

"살아남아 주세요. 부탁합니다."

황금빛으로 빛나는 막내가 앞으로 달려 나간다.

그 등에서 오랫동안 따라왔던 박성진의 모습이 보였다.

이진수는 눈을 질끈 감은 뒤 마음을 다잡았다.

'죽을 수는 없지.'

그리고는 박승아를 앞으로 밀었다.

"중앙에 서라. 막내."

"네!"

이진수는 박승아의 뒤에 서서 앞으로 달리기 시작했다.

'대장님. 저만 줄 잘 서겠습니다.'

이서하라는 줄을 잡을 것이다. 어떻게든 이 줄을 잡고 끝까지 올라갈 것이다.

'꼭 복수하고 훗날 당신을 뵙겠습니다.'

그 생각을 끝으로 세 사람은 대군의의 포위망으로 뛰어들었다.

◆ ◈ ◆

포위당했을 때 살아남는 법은 한 가지뿐이다.

뒤도 돌아보지 않고 한 곳을 돌파하는 것.

무식한 방법 아니냐고 할 수 있겠지만 정말 그것뿐이다.

대원들의 시체를 둥지로 가져가는 개미들을 뒤로하고 나는 살기 위해 달렸다.

뒤를 볼 새는 없다.

그저 따라와 주기를 바랄 뿐.

생각은 비우고 오직 몸만 움직인다. 관절이 삐걱거리고 사방에서 대군의가 죽으며 뿜어낸 점액이 날아들었다.

몇 시진이나 지났을까?

대군의는 집요했다.

포위망을 한 번에 뚫는 것은 불가능했고 나는 중간중간 동굴 같은 곳에 숨어 체력을 회복한 뒤 다시 나가기를 반복했다.

풀뿌리와 익지도 않은 나무 열매들로 배를 채워 가며 천마산에서 싸우기를 한참.

포위망을 뚫어 냈을 때는 해가 지고 있었다.

박승아와 이진수는 살아남았다.

끝까지 잘 따라와 줘서 고마울 뿐이다.

그래도 두 사람은 살았구나.

하지만 대화는 없다.

살아남았다는 희열을 느낄 새도 없이 죽어 간 대원들이 떠올랐기 때문이다.

나야 며칠 같이 지냈을 뿐이었으나 박승아는 6개월, 이진수는 몇 년을 같이 지낸 전우일 테니까.

천마산 근처의 마을로 향한 우리는 정보부에 원정대 상황을 말했다.

"암부로 추정되는 괴한의 습격으로 박성진 선인님과 대원들은 대부분 사망. 생존자는 셋입니다."

보고는 이진수가 했다.

나는 괴한의 정체에 대해 말하지 않았다.

우상검(愚上劍) 천우진.

이 정보는 잠시 나만 가지고 있는 게 좋을 것만 같다.

'천우진을 증오하는 이들이 많으니 예상치 못한 일이 벌어질 수도 있다.'

천우진은 상관을 죽였다.

천우진은 색의를 입은, 그리고 그중에서도 높은 자리에 있던 정치적 거물을 죽인 만큼 적도 많았다.

그런 그가 암부에 몸을 담고 있었다는 것이 밝혀진다면 무슨 일이 일어날지 예상하기 힘들다.

예측할 수 없는 변수는 최소화하고 싶다.

경악한 정보부를 뒤로하고 나와 이진수, 그리고 박승아는 날이 밝자마자 수도로 향했다.

한시라도 더 천마산 근처에 있기 싫었기 때문이다.

왁자지껄하게 걸어가던 길은 조용했다.

수도 없이 보았던 풍경이 내 눈앞에 펼쳐져 있다.

아름다웠었다.

지금은 황량할 뿐이었다.

변하는 것은 인간의 마음뿐이었구나.

전쟁의 씁쓸함을 달게 씹으며 나는 묵묵히 앞으로 걸어 나갔다.

◆ ◆ ◆

수도로 돌아온 나를 반긴 것은 유현성이었다.

아무래도 정보부에 있는 만큼 소식이 빠르다.

유현성은 걱정스러운 얼굴로 나와 뒤따라 들어오는 박승아, 그리고 이진수를 바라봤다.

"괜찮냐?"

"네, 괜찮습니다."

다친 곳은 없다.

내공을 많이 사용해 피곤한 것은 있지만 며칠 운기조식을 하면 회복할 수 있을 것이다.

"몸 말고 여기를 말하는 거다."

유현성은 머리를 두드렸다.

"네, 괜찮습니다. 한두 번 겪는 일도 아닌데요."

"한두 번 겪은 일이 아니라고?"

"……화강에서도 겪었잖아요."

"그럼 두 번이지 않으냐? 괜찮다가도 한 번에 깨지는 것이 인간의 마음이다."

"명심하겠습니다."

유현성의 말대로 괜찮다가도 한 번에 깨지는 것이 마음이다.

마치 균열이 생겨도 멀쩡한 형태를 유지하다 한순간에 수천 조각으로 깨지는 유리처럼 말이다.

하지만 회귀 전에도 수백 번도 깨진 마음은 이미 그 자체로 내가 되었다.

박성진의 죽음은 화젯거리가 되었다.

유망한 선인이 끌고 나간 원정대가 사실상 전멸했다는 것은 술안주가 되기 충분했다.

나는 강무성에게 무슨 일이 있었는지를 보고했다.

"그러니까 괴한이 성진 형님을 죽였다는 거지?"

강무성은 애써 침착함을 유지했으나 연신 한숨을 내뱉었다.

꽤 친한 선배였을 것이다.

나를 맡길 정도로 믿음도 있었겠지.

나는 덤덤하게 말을 이어 갔다.

"네, 암부라고 판단됩니다."

"암부가 성진이 형을 왜? 그 사람은 그냥 원정대만 이끌고 임무만 나가는 사람이야. 그런데 왜?"

"저야 모르죠."

"넌 다 아는 거 아니었나? 다 안다며?"

사실, 왜 암부가 박성진을 죽였는지는 알 것만 같다.

'중립이라 죽은 거다.'

회귀 전.

이 시기부터 신태민의 반란이 있기까지 수많은 선인이 죽는다.

보통은 단순 사고로 처리되었다.

임무 중 사망.

드문 일은 아니었기에 아무도 신경 쓰지 않았다.

그냥 운이 나쁜 해가 있기 마련이니까.

하지만 이제야 알았다.

죽은 선인들은 대부분 암부에게 당한 것이다.

그렇다면 이야기가 이어진다.

'신태민과 은월단은 같은 편이다.'

회귀 직후에는 신태민과 은월단을 따로 놓고 보았었다.

결국 신태민과 은월단이 최후의 일전을 벌이기 때문이었다.

그렇기에 둘은 적대 관계라고 생각하고 있었다.

하지만 생각이 틀렸다.

확신할 수는 없지만 둘은 같은 편이다.

아니, 확실하다.

'신태민을 왕으로 만든 게 은월단이었구나.'

모든 의문이 풀리기 시작했다.

이건하가 영웅이 된 이유.

북대우림 원정이 실패한 원인.

2차 북대우림에서 이건하만 무사했던 이유.

엉켜 있던 실타래가 풀리듯 머릿속에 있던 의문들이 전부
정리되었다.

'하지만 암부를 움직이는 건 신태민이 아니다.'

신태민은 중립 선인들을 같은 편으로 만들어야 하는 상대
적 약소 세력.

어디에도 속하지 않은 선인들을 죽여야 할 이유는 없다.

'아마 은월단이 다음 단계까지 준비하는 것이겠지.'

중립 선인들은 내전 후에도 살아남을 것이다.

이기는 쪽에 붙어 충성하면 될 일.

어차피 신유민도, 신태민도 똑같은 왕족이니 말이다.

그리고 이는 최종적으로 왕국을 멸망시켜야 하는 은월단에게는 좋은 일이 아니다.

이들은 신태민과 신유민이 싸우면서 전력이 상실되기를 원하고 있다.

두 호랑이가 싸워 하나는 죽고, 다른 하나는 죽기 일보 직전이 되는 것이 은월단의 목표다.

그렇기에 약한 호랑이를 키우는 것이다.

어느 쪽이 이기더라도 치명상을 입게끔.

'그런 작전이었구나.'

왕국의 멸망은 내 생각보다 더 오래 계획된 것이었다.

그렇게 생각을 정리한 나는 강무성에게 말했다.

"선인님. 신유민 왕자님을 지지해 주세요."

"뭐? 갑자기 그게 무슨 소리야?"

회귀 전, 강무성은 신태민의 편에 선다.

최효정이 이건하의 편이었기 때문이다.

하지만 지금은 다르다.

최효정은 여전히 이건하와 친한 사이를 유지하고 있었지만 내가 봐도 강무성과 붙어 있는 시간이 늘어났다.

미래는 바뀌고 있다.

지금은 강무성을 따라올 수도 있다.

"……네 형은 신태민 왕자님 편인데. 진심으로 하는 말이냐?"

"진심입니다. 신유민 왕자님의 편에 서 주세요. 최효정 선인님과 함께."

"걔가 건하를 버리고 나한테 올까?"

"오게 만들어야죠. 꼭 그렇게 하셔야 합니다."

"뭔가를 알고는 있구나?"

"나중에 말씀드리죠. 오늘은 여기까지만 하겠습니다."

"나중에 꼭 말해라. 그리고…… 일단은 네 말대로 해 보마."

믿음이란 중요하다.

강무성은 나를 믿고 있었기에 추가로 설명하지 않아도 따라와 주었다.

나는 자리에서 일어나 밖으로 나왔다.

굳은 얼굴로 자리를 지키던 이진수와 박승아도 함께였다.

나는 두 사람을 돌아보며 말했다.

"부대장님이랑 승아 선배는 어떻게 하실 생각입니까? 저야 학관으로 돌아가면 그만이지만……."

거도대는 사라졌다.

이들에게 남은 선택지는 다른 부대에 들어가거나 혹은 원정대를 그만두고 수비대나 순찰대로 가는 것이다.

이진수는 씁쓸한 표정으로 말했다.

"원정대 가야지. 복수할 거야. 그놈. 내가 언젠가 찢어 죽일 생각이거든."

이진수는 머쓱하게 다른 곳으로 시선을 돌리며 말했다.

"그러려면 선인부터 되어야지. 나 이번 선인 시련 준비하려고. 그러니까 말이야⋯⋯."

이진수는 나에게 걸어와 말했다.

"너 졸업하면 네가 이끌 원정대 자리 하나 비워 놔라. 내가 들어가게. 말단이어도 좋아."

"선인이 되실 생각이라면서요? 그럼 제가 그쪽에 들어가야 하는 거 아닙니까?"

"에이, 그럴 리가. 난 백의가 끝이야. 색의(色衣)는 못 입어. 그럴 재능이 없거든. 그건 네가 입어라. 부탁한다. 미래의 대장."

이진수는 씁쓸한 얼굴로 내 어깨를 두드린 뒤 걸어갔다.

전에는 보이지 않던 전의가 불타오르고 있었다.

이진수는 아마 선인이 될 것이다.

시련은 인간을 무너뜨리거나, 더 단단하게 만들거나 둘 중 하나다.

나는 박승아를 돌아보았다.

그녀는 조용히 고개를 숙이고 있었다.

그 밝았던 박승아는 천마산을 빠져나온 후 한마디도 하지 않았다.

"어쩌실 겁니까?"

"나 은퇴하려고."

박승아는 한숨을 내쉬었다.

"이제 싸우기 싫어서……. 그래도 돈 좀 모아 놨으니까 뭐라도 해서 먹고살 수 있지 않을까 싶기도 하고……."

"좋은 선택이에요."

나의 말에 박승아는 씁쓸하게 웃었다.

미쳐 버리기 전에 발을 빼는 것도 현명한 선택이다.

천마산의 기억은 박승아를 평생 괴롭힐 것이다.

동료가 개미들에 의해 토막 나 먹혔다는 그 사실이 결코 잊히지 않을 것이다.

"가끔 봐요. 산 사람은 살아야죠."

"응."

박승아는 코를 훌쩍이더니 말했다.

"그럼 무운을 빌게."

박승아는 그렇게 이진수와는 반대 방향으로 걸어갔다.

이제 나는 어쩔 것인가?

답은 정해져 있다.

'강해져야 한다.'

수련밖에는 답이 없다.

하지만 수련으로 천우진의 수십 년을 따라잡을 수 있을까?

상혁이나 아린이라면 가능할 수도 있겠지만 나에게는 그

런 재능이 없다.

그렇다면 방법은 하나다.

"기연을 얻어야지."

폭발적으로 강해지기 위해서는 이 세상의 모든 기연을 내 것으로 만들어야 한다.

만년하수오와 오랜 삶에서 얻은 통찰력으로 천재들을 따라가고 있었으나 슬슬 한계가 보이기 시작했다.

아린이와 상혁이는 날개를 단 것처럼 강해지고 있었고 박민주 또한 활을 들고 궁신(弓神)의 길을 걷고 있다.

나는 곧 추월당할 것이다.

범인(凡人)인 내가 다음 단계로 도약하기 위해서는 또 다른 무언가가 필요하다.

다행히도 이 땅에는 아직 발견되지 않은 비고가 몇몇 존재한다.

'학기 중간에 가기는 쉽지 않으니 방학 때 가야겠지.'

서두르지 말자.

비고를 찾는 일엔 사전 준비가 필요하다.

'저번과 같은 일을 겪을 수는 없다.'

은악의 비고는 아무런 함정이 없는 비고라고 기록되어 있었음에도 많은 사람이 죽었다.

이번 비고는 대놓고 위험한 곳이었다.

그래도 다행이라면 내가 직접 경험해 본 비고라는 것이다.

'죽을 뻔했지.'

수많은 함정에 나와 함께 들어갔던 고수들조차 죽어 나갔다.

내가 살아남을 수 있었던 것은 순전히 뒤쪽에 남아 있었기 때문이다.

약간의 운도 따랐고.

'이번 비고는 마지막에 수호신장(守護神將)을 상대해야 한다.'

내가 가려는 비고의 가장 큰 문제는 바로 비고 내부를 지키는 수호신장이다.

이는 지금의 내 실력으로 절대 이길 수 없다.

'아린이랑 상혁이를 데리고 갈 생각이지만……'

지금 당장은 위험하다.

최대한 전력을 끌어올린 뒤 시도해야 한다.

'위험하다고 공청석유(空淸石乳)를 포기할 수는 없지. 그 안에 있는 무구들도 그렇고.'

공청석유는 만년하수오와 쌍벽을 이루는 것으로 복용하는 순간 엄청난 내공을 얻을 수 있는 영약이었다.

만년하수오 같은 경우는 신로심법이 완벽하지 않은 상태에서 복용해 전부 흡수할 수 없었다.

만년하수오가 나를 평범의 수준까지 올려 주었다면 공청석유는 범인들이 반 갑자는 쌓아야 할 내공을 줄 것이었다.

'아린이와 상혁이도 나찰과 싸우려면 무구(武具)가 필요하니까.'

상혁이의 검과 아린이를 위한 방어구도 그 안에 있다.

훗날 실력을 키워 안전하게 비고를 털 생각이었지만 상황이 달라졌다.

천우진, 그가 암부로 활동하는 한 언젠가 나를 암살하러 올지도 모르니 말이다.

'방학. 그때까지 최대한 강해지자.'

나는 그렇게 생각하며 아린이와 상혁이가 있는 연무장으로 향했다.

비고를 털러 간다는 말을 들은 상혁이는 신나서 벌떡 일어났고 아린이는 생각에 잠겼다.

바르파를 경험하지 못한 사람과 경험해 본 사람의 차이였다.

"좋아! 가자! 황금! 황금이다!"

상혁이 저 자식.

비고를 한 번 경험하더니 그 뽕 맛에 미쳐 버린 것만 같다.

그때 아린이는 걱정스럽게 물었다.

"위험하지는 않아?"

"위험해."

그러자 흥분한 상혁이가 앞으로 앉았다.

"위험하다고? 저번보다 더?"

상혁이 역시 바르파의 힘을 간접적으로나마 본 적이 있다.

저번보다 위험하다는 말에 심각해지는 것도 무리는 아니다.

"그, 그 저번 나찰 엄청 강했지? 그래도 둘이 이겼으니까 셋이 가면 쉽지 않을까?"

"더 위험하다고 했잖아."

바르파 정도 되는 수호신장이 넷이나 존재한다.

지금 가는 건 자살행위나 다름없다.

"그러니까 너희들이 최대한 강해져야 해. 비고를 지키는 수호신장을 이겨야 하는 건 아니야. 하지만 도망칠 정도의 실력은 키워야지."

"그게 어느 정도인데?"

"지금보다 한 2배 강해지면 되지 않을까?"

"오……."

상혁이는 나와 아린이를 돌아보다 말했다.

"내년에 가면 안 될까? 이번에도 너만 알고 있는 정보 아니야?"

"내년은 안 돼."

그 전에 2차 북대우림 원정이 시작된다.

그곳에서도 얼마나 많은 중립 선인이 죽던가.

그 배후에 은월단과 암부, 그리고 신태민이 존재한다는 것을 안 이상 지체할 수 없다.

"방학에 갈 거니까 둘 다 철저하게 준비해 줬으면 좋겠어.

딱 챙길 거만 챙겨서 비고를 빠져나올 계획이니까. 알았지?"

두 사람이 고개를 끄덕였고 나는 자리에서 일어나며 말했다.

"그럼 가자."

"어딜?"

"연무장으로 가야지."

"나는 방금 왔는데? 오전 수련 끝났어."

"에이, 수련의 끝이 어디 있나?"

상혁이는 아린이를 바라봤으나 아린이는 내 편이다.

"왜? 안 갈 거면 안 가도 돼. 대신 비고 갈 때 실력 미달이면 안 데리고 갈 거니까 그렇게 알고."

"야! 그걸 왜 네가 정해?"

"아린이 말이 내 말이야. 실력 안 되면 안 데리고 간다."

"와⋯⋯."

상혁이는 나와 아린이를 번갈아 보다가 말했다.

"이거 서러워서 살겠냐? 아우, 나도 내 배필을 찾아야겠어."

상혁이의 헛소리와 함께 수련이 시작되었다.

천우진은 부러진 칼을 멍하니 바라봤다.

"살아 나가던데. 또 만날 수 있겠지?"

대군의와 싸우는 걸 멀리서 끝까지 지켜본 천우진이었다.

따라가 다 죽일까도 생각했으나 그런 비겁한 짓을 할 수 없었다.

'나중에 만날 수 있겠지. 어디 가서 죽을 거 같지도 않고.'

친구가 될지, 적이 될지는 모르지만 말이다.

어쨌든 그때까지는 새로운 검이 필요할 것만 같다.

"이거 꽤 명검이었는데."

홍의선인으로 올라가며 받은 명검.

하지만 그 10번이 들고 있던 황금빛 검에 맥없이 부러졌다.

지금까지 불만 없이 사용했었고, 또 딱히 무기에 대한 욕심은 없었으나 이렇게 되고 나니 더 좋은 검이 탐나기 시작했다.

천우진은 새롭게 만들어진 암부의 지부로 향했다.

지하의 한 찻집.

오래된 찻집에는 노인이 앉아 있었다.

천우진은 노인의 앞에 앉아 말했다.

"명검을 구하고 있습니다. 정보가 있습니까?"

암부의 정보력은 꽤 좋은 편이다.

후암 정도는 아니지만 오히려 정보의 양에 있어서는 왕국 최고라고 할 수 있었다.

저잣거리 소문이나 풍문이 대부분이었기에 질적으로 좋다고는 할 수 없지만 말이다.

"명검 말입니까?"

노인은 잠시 생각하더니 말했다.

"소문이야 엄청나게 많죠. 어떤 걸 원하십니까?"

사람들은 전설적인 무기에 관해 떠드는 것을 좋아했다. 하지만 그만큼 지어낸 이야기도 많다.

"주인이 있거나, 혹은 도굴꾼들이 찾아다니는 것만 알려 주시죠."

예부터 전설적인 검들은 이미 주인이 있거나 혹은 비고에 묻혀 있었다.

어느 쪽도 상관이 없다.

천우진은 누가 그 검을 가지고 있든 빼앗을 생각이었으니 말이다.

노인은 잠시 생각하다 말했다.

"철혈님이 가지고 있는 혈염산하(血染山河) 같은 걸 말하는 겁니까?"

산과 강을 핏빛으로 물들인다는 뜻의 검이었으며 이 왕국 최고의 명검으로 평가받는 것이었다.

천우진은 어이가 없다는 듯 실소하며 말했다.

"아무리 그래도 철혈님은 아니죠."

그 괴물의 검을 노릴 바에는 은퇴하고 만다.

"다른 것 좀 알려 주시죠. 안전한 걸로."

"도굴꾼들이 비고를 하나 찾고 있다고 합니다. 꽤 많은 도굴꾼들이 달려든 걸 보면 뜬소문은 아닌 듯싶습니다. 그 비고에 들어가 보는 건 어떻습니까?"

"비고 말입니까?"

천우진은 생각에 잠겼다.

박성진을 죽이고 받은 돈이 꽤 되어 일을 서두를 필요는 없
다. 어차피 시간을 죽이며 놀 생각이었으니 겸사겸사 비고를
찾아보는 것도 나쁘지는 않으리라.

"좋네요. 장소가 어떻게 되죠?"

"추풍고원입니다."

"추풍고원이요?"

"네, 거기랍니다."

추풍고원.

천우진도 한두 번은 가 본 곳이었다.

천우진은 의아한 듯 고개를 갸웃하며 되물었다.

"거기 아무것도 없지 않습니까?"

"그러니까 말이죠."

"거기 뭐가 있다는 겁니까?"

"그걸 알면 제가 여기서 찻잔이나 닦고 있겠습니까?"

"참."

추풍고원.

아무것도 없는 그 황무지에 비고가 있다.

◆ ◆ ◆

비고는 추풍고원에 있다.

지금도 많은 도굴꾼이 그것을 찾아 헤매고 있을 것이다.

하지만 걱정은 없다.

그 어떤 도굴꾼들도 추풍고원에 숨겨진 비고를 찾을 수 없을 테니까.

'회귀 전에도 아무도 못 찾았지.'

나는 신경 쓰지 않고 수련을 계속했다.

할아버지의 생존 훈련을 지나온 나는 배운 대로 착실히 몸을 혹사했다.

상혁이는 비교적 잘 따라왔다.

처음에는 자기가 하는 수련 방식과는 다르다고 투덜거렸으나 할아버지의 방식이라고 하자 태도를 바꾸었다.

문제는 박민주였다.

"같이 가아아아아. 나 죽어어어어어."

나는 속도를 줄이며 저 멀리서 기어 오는 박민주를 바라봤다.

그러게 왜 끼워 달라고 해서 저 고생인가?

할아버지의 훈련은 할 필요가 없다고 했는데 말이다.

이건 어디까지나 적과 직접 부딪쳐 싸우는 무사들을 위한 것.

저격수의 훈련은 따로 있다.

나는 박민주에게 다가가 말했다.

"그러니까 따라오지 말라니까."

"상혁이가 옆에서 달려 주고 있었단 말이야."

"방학에 같이 수련 안 했어? 놀러 간다고 했잖아."

"못 했어! 민아 언니가 어디 가냐고 맨날 물어보잖아. 언제부터 나한테 그렇게 관심이 있었다고……."

아닐걸.

네가 몰랐을 뿐이지 아마 하루의 절반은 너만 보고 있었을 거야. 민주야.

"너는 우리 올 때까지 나무에서 나무로 이동하는 거나 연습해. 내가 준 비급에도 적혀 있었잖아."

"월목법(越木法)? 알았어."

박민주는 사시나무처럼 다리를 떨며 걸어갔다.

쟤도 참 무식한 사랑법이란 말이야.

옆에 붙어만 있으면 돌아봐 줄 거라는 생각인가?

내가 경험해 본 바 옆에 붙어 있어도 안 되는 사람은 안 된다.

존재감이 없는 사람은 그 누구도 쳐다보지 않으니 말이다.

그래서 내가 오래 살아남을 수 있었지.

적도 나를 신경 쓰지 않았거든.

아, 갑자기 슬퍼지기 시작했다.

그만 생각하고 현재에 충실해지자.

연무장으로 돌아온 나와 아린이는 서로의 육감 단련을 도왔다.

당연히 상혁이에게도 육감의 개념을 가르쳐 주었고 놈은 반 시진 만에 성공시켰다.

"오오! 개념을 이해하는 것만으로도 이렇게 세상이 달라지는구나."

아니, 그건 너만 그래.

개념만 안다고 육감을 느낄 수 있다면 개나 소나 다 느끼게?

180년의 통찰력을 가지고 있는 나조차 할아버지에게 도움 받지 않고는 깨우칠 수 없었으니 말이다.

아, 이 재능충들.

자괴감 드는데 같이 수련하지 말까?

그렇게 생각할 때였다.

"저기……."

혼자 쉬고 있을 때 누군가가 나에게 걸어와 말을 걸었다.

그곳에는 주지율이 서 있었다.

지금껏 단 한 번도 대화해 본 적이 없었기에 상당히 의외였다.

주지율은 잠시 머뭇거리더니 말했다.

"나도 수련에 껴도 될까?"

"응?"

"그러니까……."

작게 한숨을 내쉰 그는 고개를 숙여 말했다.

"부탁한다. 강해지게 좀 도와줘라. 박민주한테 활 들라고 한 게 너라며. 너라면 내 문제도 찾을 수 있을 거 같아서."

"……."

주지율.

회귀 전, 그는 입학시험에서는 2위로 입학하고 나름 우수한 성적으로 졸업했다.

무과에서 실력을 증명해 하급 무사를 거치지 않고 바로 중급 무사가 된 그는 원정대에 합류했다.

그리고 죽는다.

그게 끝이다.

그 어디에도 주지율에 관한 기록은 남아 있지 않았다.

'하지만 키우는 건 어렵지 않지.'

박민주 같은 경우는 내가 미래를 알기 때문에 추천할 수 있었다.

주지율은 그와 다르긴 하지만, 치명적인 문제가 있다면 알아볼 수 있을 것이다.

오랫동안 고수들의 움직임을 보기만 했던 나니까.

주지율은 이미 자신의 재능을 어느 정도 증명했다.

성무학관에 입학한 것만으로도 꽤 괜찮은 재능이다.

어쨌든 주지율을 키우기 시작한다면 상혁이나 아린이처럼 내가 아는 미래의 무공들을 가르쳐 주게 될 것이다.

다만, 섣불리 받아들일 수는 없었다.

만약 주지율이 악인이라면?

권력욕이 심해 신태민의 편에 붙는다면?

키우지 않는 것만 못하다.

'내가 판단해야 한다.'

안전하게 가느냐? 내 편을 하나 늘리기 위해 위험을 감수하느냐?

이럴 때는 좋은 방법이 있다.

'지켜보고 판단해도 늦지 않겠지.'

일단 보류다.

"그래? 좋지. 같이하자."

"진짜로? 부탁하면서도 이게 괜찮은가 싶었거든."

보통 무사들은 수련 방법을 공유하지 않기에 놀라는 것은 당연하다.

물론 나도 처음부터 신로심법 같은 걸 알려 줄 생각은 아니었다.

문제점 몇 가지만 고쳐 주더라도 주지율은 나에게 감사한 마음을 가질 테니 은혜를 베풀어 나쁠 것은 없다.

적어도 학관에 안에서는 나에게 은혜를 갚으려 할 테니까.

그것도 안 하는 놈이면?

그때 가서 연을 끊어도 된다.

"그럼 내일부터 개인 수련 끝나고 연무장으로 모이자. 실력도 봐야 하는데, 괜찮겠어?"

"당연하지. 부탁할게."

주지율은 축 처진 채로 항상 수련하던 장소로 향했다.

125

'원래 저렇게 조급했었나?'

주지율은 조급해 보였다.

묵묵히 수련만 해 온 그와는 약간 다른 모습이었다.

'천재들은 쉽게 조급해지지 않는데.'

재능이 있는 이들은 조급해하지 않는다.

결과가 바로바로 나오기 때문이다.

조금만 수련을 해도 외공 수준이 달라지고 내공을 쌓는 속도도 남들보다 배는 빠르다.

사실 성무학관에 입학한 이들은 전부 어느 정도의 재능을 타고난 이들이다.

저기 저 한심한 한영수도 선인급의 재능을 가지고 있는 놈이었으니 말이다.

'뭐 문제라도 생겼나?'

내일이면 전부 알 수 있을 것이다.

다음 날.

주지율은 묵묵히 살인적인 몸풀기를 잘 따라왔다.

기본적인 체력, 근력, 민첩성 같은 것들이 훌륭하다는 말이다.

그럴수록 그가 조급해하는 사실에 의문이 들었다.

'기본기가 튼튼한 거야 당연한 거지만. 왜 조급하지?'

대련을 해 보면 알 수 있으리라.

몸풀기가 끝나고 연무장으로 돌아간 나는 주지율에게 검

을 던져 주며 말했다.

"너 무기 뭐 쓰지?"

"창이야."

나는 연무장 구석에 있는 진열대에서 연습용 창을 꺼내 주지율에게 던져 주었다.

문제점을 보는 데 가장 좋은 방법은 대련이다.

서로 병기를 맞대면 실력이 어느 정도인지, 문제점은 무엇인지, 또 강점은 무엇인지를 알 수 있었다.

"한번 가볍게 붙어 보자. 문제점이 있으면 알려 줄게."

"그래, 알았어."

주지율은 자세를 잡았다.

처음 보는 자세.

온갖 무공을 다 봐 온 내가 모르는 걸 보면 유명한 무공은 아닌 듯싶었다.

"그럼 시작할게."

"언제든지."

주지율은 바로 창을 내지르며 공격해 왔고 나는 공시대보로 회피하며 자세히 그의 움직임을 살폈다.

자로 잰 듯 완벽한 공격.

마치 교과서를 그대로 옮겨 놓은 듯한 보법과 호흡.

'이거 놀라운데…….'

정말 놀라울 따름이다.

'한 줌의 전투 감각조차 없다.'

주지율은 교과서적으로 완벽한 움직임을 보여 줬다.

한 치의 오차도 없이 배운 대로 움직이는 인형과도 같다.

이는 결코 좋은 것이 아니다.

교과서대로만 움직인다면 도대체 누가 그의 공격을 맞아 줄까?

무공은 기본적으로 수 싸움이다.

서로 허초와 살초를 나누며 틈을 만들고 결정타를 날리는 두뇌 싸움이라고도 볼 수 있다.

이 허초와 살초를 언제 어떻게 배치하느냐는 사용하는 무사의 역량에 달린 것이다.

이를 전투 감각이라고 부른다.

재능으로 이루어져 있다고 할 수 있는 상혁이 같은 경우는 초식을 배치하는 감각이 매우 뛰어나다.

누구보다 실전 경험을 많이 쌓은 나조차 속을 정도로 절묘하게 허초를 배합해 빈틈을 노려 온다.

같은 경지라도 이 감각에 의해 고수와 초고수가 갈리는 만큼 무사에게 있어서는 필수 불가결한 부분이었다.

그런데 주지율에게는 그 감각이 없다.

마치 나처럼.

하지만 난 후천적으로 그 감각을 익혔다.

회귀 전, 수많은 강자의 싸움을 보고 경험하면서 말이다.

하지만 주지율은 그럴 시간이 없다.

'왜 원정을 다니다 죽었는지 알겠다.'

너무 정직하다.

임무도 그렇게 했겠지.

'근데 주지율은 천재가 아닌가?'

성무학관 3위 입학. 소성무대전 4강.

결과만 보면 충분히 천재라고 할 수 있는데 말이다.

'설마?'

지금까지 노력으로 여기까지 올라온 것인가?

나는 손을 들며 대련을 멈추었다.

주지율은 숨을 헐떡이며 말했다.

"문제가 보여?"

"어…… 그러니까."

주지율은 나만큼이나 재능이 없다.

너무나도 잔혹한 현실.

그것이 주지율의 문제였다.

대답을 해 줘야 하기에 나는 고민하다 말했다.

"너무 정직해. 그게 문제야."

감각이 없다는 말은 일단 하지 말자.

나도 듣기 싫었던 말이니까.

"정직하다고?"

"이때쯤 공격하겠구나 싶을 때 공격하고 이때쯤 물러나겠

구나 할 때 물러나지. 그래서는 아무리 해도 유효타를 날릴
수 없을 거야."

"그렇구나."

주지율은 생각에 잠겼다.

"한번 생각해 볼게. 고맙다."

생각해 본다고 되지는 않겠지만 말이다.

'나도 생각 좀 해 보자.'

주지율을 어떻게 도와줘야 할지 말이다.

Chapter 23.

몸풀기 이후에는 각자 자신의 무공을 수련했다.

전신의 근육을 너덜너덜하게 만들었기에 무공 수련을 할 때 자세가 무너지지 않도록 집중해야만 한다.

그것이 몸풀기의 존재의의이기도 했다.

그 어떤 상황에서도 정확한 자세로, 정확한 초식을 이어 갈 수 있게끔 정신적인 부분도 수련하는 셈이다.

저녁 시간 이후에는 각자 내공심법을 수련하기로 했다.

회복 수단이 청신산가에 있을 때처럼 많지 않기 때문에 너무 무리하다가는 다음 날 수련에 지장이 갈 수 있다.

괜히 부상이라도 당해 며칠 쉬면 그게 더 큰 타격이니 말이다.

하지만 그건 어디까지나 상혁이와 아린이에게 해당되는 이야기.

나는 계속해야 한다.

아무도 없는 연무장에 나온 나는 달빛을 조명 삼아 천천히 일검류 동작과 낙월검법 동작을 반복했다.

그렇게 몇 번 반복하고 나니 죽을 것만 같다.

하루하루가 고통이다.

'그래도 해야지.'

180년을 살아오며 후회가 되었던 것은 단 하나였다.

시간을 낭비한 것.

매일 아무것도 하지 않았던 어린 시절이 생각났다.

노력에는 때가 있다.

하지만 노력할 수 있는 시간이 언제 끝나는지는 아무도 모른다.

그러니 할 수 있을 때 해야만 한다.

'180년을 살면서 깨달은 진리 중 하나.'

이 세상에는 몇 안 되는 진리가 있다.

이 세상은 공평하지 않다는 것이다.

어떤 이는 하루 다섯 시진을 수련해야 고수가 될 수 있다면 누군가는 하루 한 시진만 수련해도 고수가 된다.

원망해 봤자 의미 없다.

그냥 그렇게 되어 있으니까.

그래도 세상이 불공평하기만 한 것은 아니다.

노력하면 안 하는 것보다는 낫다.

거북이도 열심히 달리면 결승전을 지나갈 수 있다.

시기의 차이만 있을 뿐.

그러니까 그냥 수련한다.

남들보다 늦더라도 언젠가 결승전만 통과하면 되니까.

"그래도 힘드네."

진리를 알고 있기에 맹목적으로 믿으며 수련을 해도 진보가 느리다는 건 정신적으로 힘든 일이다.

슬슬 팔다리가 움직이지 않는다.

약선님에게 받은 탕약이나 마시고 슬슬 내일을 기약하자.

나는 무기를 정리한 뒤 우물로 향했다.

그때 누군가가 나와 수련하는 것이 보였다.

어두운 달빛 아래에서 창을 휘두르고 있는 남자.

주지율이었다.

"주지율?"

벌써 시간은 축시(새벽 1시)가 되어 가고 있었다.

나는 주지율이 수련을 쉴 때까지 기다렸다 그에게 다가갔다.

"뭐 해? 이 늦은 시간에."

거친 숨을 몰아쉬던 주지율은 짐짓 놀란 표정을 짓더니 말했다.

"너도 수련 중이었어?"

"응. 조금 시간을 늘렸어."

원래도 축시까지는 수련했었다.

하지만 보통은 방에서 내공심법을 수련했기에 연무장에 올 일은 없었다.

지금이야 공천석유만 믿고 외공에 집중하고 있었지만 말이다.

그나저나 주지율은 언제부터 이런 수련을 했던 것일까?

"근데 너 괜찮겠어? 몸 상할 텐데."

"항상 하던 거라 문제없어."

"항상 하던 거라고?"

"응. 공부하고 항상 이 정도 시간에 나왔는데?"

항상 축시(오전 1시)에 나와 수련을 했다고?

2학년 첫 수업은 보통 진시(오전 7시)에 시작한다.

한 시진만 수련하고 들어간다고 하더라도 자는 시간이 두 시진조차 안 되는 것이다.

적어도 땀은 닦고 자야 할 테니 말이다.

"매일 이렇게 했어?"

"응. 매일."

주지율은 침을 삼키더니 다시 동작을 이어 가기 시작했다.

솔직히 말하면 놀라웠다.

주지율이 이런 성격이었던가?

그렇다면 성무대전에서 상혁이에게 지고 분해하던 모습도

이해가 갔다.

회귀한 나도 힘든 훈련 일정을 고작 16살짜리가, 아니 아마도 충년(10살 안팎) 때부터 이러한 수련을 해 왔을 것이다.

어떻게 그럴 수 있을까?

도대체 무엇이 주지율을 이렇게 살게 하는 것일까?

냉정하게 말하면 주지율은 재능이 없다.

아니, 재능이 없기에 아마 저렇게 노력하고 있을 것이다.

저렇게 해야만 상혁이나 아린이 같은 천재들의 꽁무니를 따라갈 수 있을 테니 말이다.

'하지만 죽는다.'

저렇게 노력하고 또 노력해서 젊은 나이에 죽는다.

'나는 저렇게 노력하지 못했다.'

회귀 전의 내가 생각났다.

재능만을 탓하며, 세상을 탓하며 살았던 내가.

나는 그저 느긋하게 추락하는 인생을 살았다.

떨어질 때는 편하다.

아무런 저항도 없이 편안하게 끝이 어디인지 모르는 바닥으로 낙하한다.

하지만 땅을 치고 나서는 알게 된다.

다시는 위로 올라갈 수 없다는 걸.

그게 내 인생이었다.

누군가는 날개를 달고 있어 애초에 추락하지 않고, 누군가는 옆에 조력자가 있어 손을 잡아 끌어 준다.

하지만 나는 그 누구의 도움도 받지 못한 채 나락까지 떨어졌었다.

주지율도 누군가 도와주지 않으면 나락까지 떨어질 것이다.

재능이라는 게 원래 그렇다.

누가 같이 날아 주지 않는 한 공중에서 아무리 발버둥을 쳐 봤자 위로 올라갈 수는 없다.

떨어지는 속도를 늦춰 줄 뿐.

그러니까 살짝만.

살짝만 위로 올려 주자.

아무리 발버둥 쳐도 바닥으로 떨어진다는 그 고통을 가장 잘 알기에 그저 지켜볼 수만은 없었다.

생각을 정리한 나는 조심스럽게 입을 열었다.

"주지율. 네가 약한 이유는 재능이 없어서야."

솔직한 답변.

오늘 낮에 해 주지 못한 진짜 조언이었다.

주지율은 창을 멈추고는 덤덤하게 말했다.

"알아. 재능 없는 거. 그래서 이렇게 수련하잖아. 남들보다 2배, 아니 3배 더 하면 되겠지."

"아니, 안 돼."

나는 딱 잘라 말한 뒤 주지율의 창을 잡고 섰다.

"네가 지금 배우는 무공은 좋게 쳐줘 봤자 삼류야. 일류 무공을 배우지 않는 한 전투 감각이 없는 네가 고수가 될 수는 없어."

"삼류라고?"

"미안. 가전(家傳) 무공을 욕해서. 하지만 삼류는 삼류야."

"우리 증조할아버지는 이 무공으로 홍의선인이 되셨어. 삼류일 리가 없잖아."

"둘 중 하나겠지. 너희 할아버지가 엄청난 재능을 지닌 사람이었거나 혹은 전부 계승되지 않았든가. 어쨌든 네가 사용하는 무공은 삼류야. 그게 아니었다면 가문이 몰락할 이유도 없었겠지."

주지율은 아무 말도 하지 않았다.

내가 생각해도 이번 말은 좀 심했다.

하지만 어쩌겠는가.

지금 나는 주지율에게 가전 무공을 버리고 새로운 무공으로 갈아타라고 말하려는 것이다.

이 정도 충격은 줘야 한다.

"그래서 말인데. 너 구룡창법(九龍槍法)을 익히는 건 어때?"

"구룡창법(九龍槍法)?"

구룡창법(九龍槍法).

제국의 한 창술 천재가 고안해 낸 무공이다.

구룡창법은 일검류와 비슷한 부류의 무공이었다.

오직 효율적으로 적을 죽이는 데만 집중하는 창법.

'일검류와 다른 점은 감각 따윈 필요 없다는 거야.'

구룡창법은 총 9개의 초식(招式)으로 이루어져 있으며 모든 초식이 연결되어 있었다.

'공격 방식은 딱 하나.'

상대를 만나자마자 첫 초식부터 아홉 번째 초식을 전부 꺼내는 것이 구룡창법의 유일한 공격 방식이었다.

상대가 죽으면 승리, 모든 초식이 막히면 패배다.

전투 감각 따윈 필요가 없다.

그저 기술의 숙련도에 따라 승패가 갈릴 뿐.

이 단순무식한 무공은 놀랍게도 일류 무공으로 이름을 알렸다.

그 누구도 구룡창법의 대가를 상대로 오 초식 이상을 버틴 적이 없었으니 말이다.

나는 이 구룡창법을 만든 천재와 같은 부대에서 동고동락하다 마지막의 순간 비급을 얻을 수 있었다.

자기가 만든 무공이 끊이지 않게 비급을 보호해 달라며 말이다.

역시 일류 무공이기에 달달 외워 놓았으나 내가 배울 수 있는 건 아니다.

단 한 번의 연격에 모든 것을 거는 무공인 만큼 숙련도가 낮으면 그냥 창을 들고 마구잡이로 찌르느니만 못하니 말이다.

전생에는 비급을 전해 줄 사람을 찾지 못해 약속을 지키지 못했으나 이번 생에는 딱 맞는 전수자를 찾았다.

'무공을 널리 알리고 싶다고 했던 놈이니 싫지만은 않겠지.'

언젠가 전쟁이 끝나면 제자를 키우고 싶다고 했었으니 나중에 소개해 주면서 제자 삼으라고 하면 될 것이다.

'욕은 그때 먹자. 날 모르겠지만.'

씁쓸한 생각은 여기까지만 하자.

나는 주지율에게 구룡창법에 관해 설명했고 주지율은 미심쩍은 얼굴로 고개를 끄덕일 뿐이었다.

"하기 싫으면 하지 않아도 돼. 박민주 때와는 달라. 너는 지금의 창술로도 평범한 무사는 될 수 있을 거야. 무과도 통과하고."

"평범한 무사라면 선인은 못 될 거라는 거네."

"맞아. 선인은 못 돼."

주지율은 생각에 잠겼다.

마른세수하던 그는 고개를 들고는 말했다.

"상혁이 엄청나게 강해졌더라. 소성무대전에서 벽을 느꼈어."

그리고는 한숨을 쉬었다.

아마 그때부터 생각이 많아졌을 것이다.

사람이 가장 좌절하는 순간은 자기 뒤에 있던 사람이 앞서 가기 시작할 때다.

특히 주지율처럼 미친 듯이 노력한 사람은 그 상실감이 더 크다.

"아린이도 강해졌더라. 권법을 배운 지도 얼마 안 되면서 왜 그렇게 잘하는지. 뭐, 그래도 상혁이는 기본기가 좋았고 아린이는 원래 나보다 강했으니까. 너도 그렇고. 그래서 괜찮다고 생각했어. 나도 뒤처지지 않는다고."

주지율은 고개를 푹 숙이고는 겨우 말을 이어 갔다.

"근데 이제 민주도 내 앞으로 달려 나가고 있어. 네가 활을 들라고 한 뒤부터."

주지율이 나를 찾아온 이유였다.

나한테 밀리고, 아린이에게 밀리고, 상혁이한테 밀릴 때까지도 버티던 그의 정신이 박민주까지 앞으로 치고 나갈 때 산산이 조각난 것이다.

그렇기에 나를 찾아왔다.

박민주에게 활을 권한 나에게.

"구룡창법 배우면 다시 앞지를 수 있을까?"

주지율은 간절하게 나를 올려 보았다.

무엇이 녀석을 저렇게 간절하게 만드는지는 모른다.

그리고 나는 녀석이 원하는 대답을 해 줄 수 없다.

"아니, 앞서지는 못해."

상혁이는 재능 그 자체라고 할 수 있고 아린이는 훗날 이 나라에서, 아니 이 세계에서 가장 강력한 존재가 된다.

박민주는 궁신(弓神)이 되어 백 리 밖에서도 적의 머리를 박살 낼 것이다.

그런 괴물들을 앞설 수는 없다.

나는 체념하는 주지율을 향해 말을 이었다.

"하지만 같이 달릴 수는 있을 거야."

"같이?"

"왜? 구보할 때도 선두에서 달리는 무리가 있잖아. 절대로 1등은 못 하겠지만 그 선두에 껴서 달릴 수는 있을 거야. 평생 주류에서 활약해. 그거라면 충분히 가능해."

"……."

"홍의든, 청의든, 흑의든 네가 입고 싶은 걸 입을 수 있게 해 줄게. 해 볼래?"

"그래."

주지율은 그제야 결정을 내렸다.

박민주 때도 그러했지만 가전(家傳) 무공을 버린다는 건 힘든 일이다.

하지만 벼랑 끝까지 몰린 사람은 모든 것을 포기할 수 있다.

"그 구룡창법이라는 거 가르쳐 줘."

"좋아. 그럼 1주일만 기다려."

"응?"

"비급 구해서 올 테니까. 아니, 2주 기다려야 할 수도 있겠다."

생각해 보니 내가 필사해야 하잖아.

아씨, 또 잠은 다 잤다.

기본적인 비급 작성까지는 생각보다 얼마 걸리지 않았다.

난 공부할 필요가 없으니 수업 시간 틈틈이 비급을 적었고 덕분에 내 수련 시간에 방해받지 않으며 기본 비급을 완성할 수 있었다.

역시 공부는 미리미리 해 두는 게 좋다.

이제 와 생각해 보면 다른 재능보다 기억력을 타고난 게 행운이다.

안 그랬으면 완벽한 필사는 불가능했을 테니까.

나는 비급을 주지율에게 건네주며 말했다.

"일단 기본 보법과 초식 몇 개를 적었어. 삼 초식까지 적었으니까 일단 이걸로 수련하고 있어. 나머지는 더 적어서 올게. 그리고 혹시나 해서 말하는 건데, 저기 박민주가 수련하는 것도 내가 적어 준 비급이야. 내가 기억력이 좋아서 한 번 보면 안 잊어버리거든."

한 번 본 걸 기억한다는 건 거짓말이지만 작정하고 외우면 하루 안에 비급 하나를 외울 수 있으니 완벽하게 복사해 낼 수 있다.

"고맙다. 이 은혜는 꼭 갚을게."

주지율은 꾸벅 인사를 하고는 몸을 돌렸고 나는 그런 그의 어깨를 잡았다.

"야, 어디 가?"

"응? 이거 수련하러."

"아니, 몸 풀고 가야지."

순간 주지율의 얼굴이 굳어졌다 펴졌다.

찰나의 순간이었지만 확실했다.

이 녀석.

항상 무표정해서 몰랐는데 몸풀기는 힘들었구나.

"근데 그거 몸풀기야?"

"몸풀기야."

"아니, 몸풀기는 조금 더……."

"아니, 몸풀기 맞아."

나는 쇳덩어리를 들어 보여 주었다.

나의 개인 교관이자 할아버지와 같은 과인 박동준에게 하
나 더 만들어 달라고 한 것이었다.

"자, 일단 달리기부터 시작할까?"

그러게, 나한테 같이 수련하자고 할 때는 심사숙고했어야지.

◆ ◈ ◆

성무학관 1학년들은 학교생활에 적응해 나가고 있었다.

바로 위 학년의 대표가 청신의 이서하라면, 이번 신입생 대
표는 수석으로 입학한 김준성이었다.

태인(泰仁) 김 씨 가문 출신인 그는 1학년 중 배경도 가장 좋은 편에 속했다.

그렇게 마치 왕처럼 연무장에서 놀고 있던 그의 앞으로 여생도들이 지나갔다.

"한상혁 선배님 봤어? 진짜 잘생겼던데."

"봤지. 진짜 완전 그림 아니냐? 어떻게 남자가 그렇게 예쁘게 생겼지?"

여생도들의 말을 들으며 김준성은 인상을 찌푸렸다.

성무학관을 수석으로 입학할 때까지만 하더라도 그는 자기가 뭐라도 되었다고 생각했다.

어쨌든 동 나이대 1등을 달성한 것이니 말이다.

하지만 여생도들의 관심은 한 학년 위를 향해 있었다.

이상한 일도 아니다.

위 학년에는 청신의 미래라고 불리며 철혈의 뒤를 이어 최강의 재능으로 평가받는 이서하.

운성의 사생아로 지금은 가주가 된 한상혁.

경국지색에 무공 실력까지 손에 꼽히는 유아린까지.

윗세대는 말 그대로 황금세대로 불릴 만했다.

하지만 마음에 들지 않았다.

자신에게 와야 할 관심이 전부 선배들에게 향하는 거 같아 짜증이 났다.

그걸 아는지 모르는지 여생도들은 대화를 이어 갔다.

"난 주지율 선배도 멋있던데. 뭔가 고독해 보이는 게 멋있지 않아?"

"맞아, 맞아. 강하지만 지켜 주고 싶은 그런 남자? 그런 느낌이잖아."

주지율의 이름이 나오자 김준성은 혀를 찼다.

"쯧."

그러자 옆에 있던 그의 친구가 말했다.

"야, 주지율이면 너랑 친한 그 선배 아니야?"

"친해? 그딴 놈이랑 친하기는. 그 새끼 완전 내 따까리야."

주지율이 선배였음에도 김준성의 말에는 거침이 없었다.

주지율의 가문은 태인 가문에 속해 있다고 해도 과언이 아니었다.

태인 같은 거대 가문은 주변의 작은 도시와 마을에 경제적, 군사적 영향력을 펼쳤고 이들은 멀리 있는 왕보다 옆에 있는 가주를 더 두려워했다.

주지율의 마을은 태인 바로 옆에 붙어 있는 작은 도공 마을로 경제력과 식량 공급을 태인에 의존하고 있었다.

이렇다 보니 어렸을 적부터 주지율은 김준성에게 고개를 숙일 수밖에 없었다.

김준성은 도련님 중의 도련님이었고 주지율은 바닥이었다.

평생을 자기 밑에 있던 주지율이 여생도들에게 저리도 인정받는 모습을 보고 있을 수만은 없었다.

"성무대전 4강이? 야, 그 선배 졸업하면 너희 가문보다 커지는 거 아니냐?"

항상 센 척하는 김준성을 돌려 까는 친구였다.

그것이 발화점이 되어 김준성이 터졌다.

"야, 너 말 다 했냐? 한 번 졸은 영원히 졸이야. 내가 보여줄게."

1학년과 2학년이 사용하는 연무장은 거리가 있었다.

각자 수련하고 공부하기 바쁜 성무학관이었기에 고학년도, 저학년도 서로의 연무장을 방문하지 않았다.

하지만 금지된 것은 아니었다.

김준성은 친구들을 데리고 2학년 연무장으로 향했다.

2학년들 또한 오전 일정을 끝내고 개인 수련을 하는 시간이었다.

내로라하는 선배들이 있는 곳이었기에 김준성도 살짝 얼었으나 친구들까지 데리고 온 이상 당당하게 걸어야만 했다.

구석에서 주지율을 찾아낸 김준성은 의기양양하게 말했다.

"봐봐, 누가 위인지."

주지율의 앞으로 걸어간 김준성은 크게 말했다.

"야, 너 뭐 하는 놈이야?"

김준성의 친구들은 긴장했다.

주지율은 한 학년 선배인 데다가 성적 3위. 거기에 성무대전에서도 4강까지 올라갔던 인물이었다.

주지율은 김준성을 발견하고는 작게 숨을 내쉬며 말했다.

"오랜만입니다. 도련님."

살짝 고개를 숙여 인사하는 주지율.

김준성은 보란 듯 친구들을 돌아보고는 말을 이어 갔다.

"내가 입학한 거 몰랐어? 왜 인사를 안 와?"

"……."

주지율이 노려보자 김준성은 살짝 당황해하며 말했다.

"뭘 꼬나봐? 너 때문에 망한 네 가문 지켜야 할 거 아니야. 안 그래?"

"……죄송합니다."

김준성은 가지고 온 목검으로 주지율의 머리를 툭툭 쳤다.

도발적인 행동에 친구들은 경악했지만 주지율의 반응이 없다는 것을 확인하고는 안심했다.

"말로만 하지 말고 내일부터 와서 한 번씩 인사하고 가라. 알았냐?"

주지율이 매일 찾아온다면 그만큼 자신의 가치도 오를 거라 생각한 김준성이었다.

그때였다.

"이야. 2학년이 1학년 연무장 가는 건 봤어도 1학년이 오는 건 처음이네."

누군가가 김준성의 어깨에 팔을 둘렀고 김준성은 신경질적으로 뒤를 돌아봤다.

"뭐야……?!"

"뭐야? 말이 짧다."

김준성은 고개를 돌려 남자의 정체를 확인하고는 그대로 굳어 버렸다.

2학년 수석. 청신의 이서하였다.

◆ ◆ ◆

내 얼굴을 본 녀석의 얼굴이 하얘졌다.

나는 녀석과 함께 온 친구들을 돌아보며 말했다.

"청신의 이서하다. 이름."

"건주의 김시우입니다!"

"마산의 이경수입니다!"

"그럼 여기 이 개념 없는 친구는?"

개념 없다는 말에 놈이 당황했으나 나는 빤히 바라볼 뿐이었다.

선배, 혹은 상관이 보는 것만으로도 벌벌 떨리는 나이니까.

"……태인의 김준성이라고 합니다."

"태인? 그건 또 어디 붙어 있는 동네야?"

나는 귀를 파며 태연하게 말했다.

김준성의 얼굴이 썩어 들어갔다.

물론 태인 가문이 어디 있는지는 잘 안다.

나는 저 변방의 시골 이름도 다 외우고 있었으니까.

하지만 상대를 무시하고자 할 때는 자신감의 원천을 건드리는 것이 가장 효과가 좋다.

김준성은 아무런 말도 못하고 부들부들 떨었다.

오만가지 생각이 들 것이다.

태인은 청신에 비해서도 규모가 작은 가문이 아니었기에 더욱 그렇다.

하지만 나는 2학년 선배.

원래 군인에게는 왕보다도 직속상관이 더 무서운 법이다.

김준성은 애써 용기를 내어 말했다.

"태인도 이 나라의 기둥 중 하나입니다."

"아아, 생각났다. 시골에서 농사나 짓는 가문 아니야. 정치권에는 못 들어온 지 꽤 되었는데. 안 그런가?"

"그래도 태인 출신 선인 또한……."

"백의선인이 선인인가?"

나는 귀를 후비적거리다 말했다.

김준성은 분노를 삭이며 한숨을 내쉬었다.

친구들까지 끌고 온 걸 보아 자랑 좀 하려 했는데 묵사발이 나니 화가 좀 나겠지.

나는 주지율 쪽으로 이동해 말했다.

"여기 내 친구한테 버릇없이 굴던데. 왜? 나한테도 목검 좀 휘둘러 보지?"

내가 가장 싫어하는 놈들이 지 배경만 믿고 까부는 놈들이다.

주지율은 내가 본 누구보다도 열심히 인생을 사는 놈이었다.

그런 그가 후배에게 무시당하는 걸 가만히 보고 있을 수만은 없다.

김준성은 움직이지 못했다.

온 2학년의 이목이 이쪽에 쏠려 있는 상황이었다.

뒤이어 아린이와 상혁이까지 합류했고 이 두 사람이 주는 압박감은 장난이 아니었다.

"서하야. 얘 뭐야?"

아린이가 차갑게 말하자 김준성이 바로 시선을 아래로 돌렸다.

아린이와 눈을 마주할 수 있는 남자는 근거 없는 자신감으로 가득 찬 미친놈이거나 혹은 자존감 높은 능력자뿐이다.

"왜? 휘둘러 보라니까? 내가 청신이라 못 하겠어? 어?"

역시 갈굴 때는 이런 말투가 편하다.

그러자 옆에서 상혁이가 말했다.

"야, 대답 안 하냐? 안 들려?"

딱 좋은 역할 배분이다.

내가 많이 당한 조합이지.

비아냥거리는 선배, 강압적인 선배, 그 옆에 예쁜 선배.

김준성이 슬슬 불쌍해지기 시작했다.

하지만 어쩌겠는가.

모든 게 자업자득인 것을.

"그, 그게……."

나는 목검을 빼앗은 뒤 녀석의 머리를 툭툭 쳤다.

"난 말이야. 사람 가려 가면서 행동하는 놈들이 가장 싫어.
근데 그게 너네. 맘 같아서는 학관 생활을 지옥으로 만들어 주
고 싶은데 내가 그러기에는 너무 바빠. 그러니까 이렇게 하자.
내 눈에 띄지 마. 보이면 지옥을 맛보게 해 줄 테니까."

김준성은 친구들을 돌아봤다.

아마 친구들 앞에서 순순히 물러나기가 망설여질 것이다.

허세 있는 놈들은 자존심 빼면 시체니까.

하지만 어쩌겠는가?

개인으로도, 배경으로도 녀석은 나를 이길 수 없다.

"……알겠습니다."

"아, 그리고 말이야. 혹시 앙심을 품고 내 친구네 가문에 뭔
가 해를 가한다면 그때는 바쁜 시간을 쪼개고 쪼개서라도 너
의 무사 인생을 끝내 줄 테니까 알아서 해라."

"……명심하겠습니다."

"좋아. 좋아. 이해력은 좋네. 멍청한 짓 하지 마. 정치권에
서 물러난 태인과 왕의 절친한 가문인 청신이 붙으면 누가 이
길지는 뻔하잖아."

김준성은 눈을 질끈 감았다.

자기가 잘못했다고 생각하는 거 같지는 않았다.

이런 녀석들이 생각하는 건 다 똑같다.

청신인 내가 주지율과 친구라는 사실이 짜증 날 뿐이겠지.

"그럼 이제 가 봐."

김준성은 꾹 참다가 입을 열었다.

"네……, 그런데 말입니다. 주지율과 정말 친우십니까?"

"그렇다고 했을 텐데."

"그럼 조심하십시오. 주지율 저놈. 지 친형을 죽인 놈입니다."

"……."

한 방 먹였다는 듯 웃는 김준성.

나는 손으로 녀석의 머리를 강하게 때린 뒤 말했다.

"헛소리하지 말고 꺼져."

김준성은 머리를 부여잡고 도망치듯 사라졌다.

앙심을 품은 놈이 사실을 말했을 리는 없다.

하지만 순간 김준성이 주지율에게 했던 말이 떠올랐다.

"뭘 꼬나봐? 너 때문에 망한 네 가문 지켜야 할 거 아니야. 안 그래?"

그리고 친형을 죽였다는 말.

그게 무슨 뜻일까?

나는 주지율을 돌아보며 말했다.

"이제 너도 내 친구니까 네가 무시당하면 내가 무시당하는 거야. 저런 덜떨어진 놈들한테 무시당하지 마라."

"고맙다."

주지율은 건조하게 대답한 뒤 고개를 살짝 숙였다.

묻고 싶은 것이 많았으나 지금은 보류하기로 했다.

'개인적인 사정까지 내가 알 바는 아니지.'

그리고 알아 봤자 할 수 있는 것이 없다. 비고를 털기 위해서는 방학 때까지 내 수련에 집중해야만 하니까.

나는 멀어지는 주지율을 바라보다 아린이와 상혁이를 돌아보며 말했다.

"상혁이 너는 농땡이 피우려고 온 거지?"

"아니, 어떻게 알았지? ……그럴 리가 있겠냐? 다시 수련하러 가자."

그렇게 하루하루 지옥 같은 날들이 지나갔다.

성무학관으로 돌아온 뒤에는 항상 같은 일상을 보냈다.

수련하고 또 수련한다.

거기에 중간중간 임무를 위해 원정대에 합류했다.

이진수와 강무성이 함께 추천해 준 덕분에 합류하는 것은 어렵지 않았고 이미 원정을 다녀온 경험이 있었던 만큼 사람이 부족한 원정대에서는 두 팔 벌려 환영해 주었다.

그렇게 바쁜 1학기가 지나가고 방학이 찾아왔다.

항상 똑같은 말뿐인 방학식이 끝나고 성무학관 바로 밖 읍

식점에서 아린이와 상혁이를 만났다.

이제 추풍고원으로 향할 시간이 되었다.

"드디어 출발인가? 야, 열심히 했지. 이번 학기."

상혁이는 감회가 새로운 듯 말했다.

한번 비고 맛을 본 녀석은 오늘만 기다렸다는 듯 신나 있다.

하지만 저 들뜬 마음을 죽일 필요가 있다.

"긴장해. 지금 이 실력으로도 위험한 곳이니까. 그리고 이 걸로 갈아입어."

나는 출발하기 전에 두 사람에게 새로운 옷을 가져다주었다.

평민들이나 입을 법한 거친 무복이었다.

"이런 건 또 어디서 구했냐?"

"시장 가면 많이 판다."

지금 입고 있는 고급스러운 무복이나 비단옷 같은 것들은 입고 갈 수는 없었다.

그랬다가는 도굴꾼들이 시비를 걸어올 테니까.

도굴꾼들은 무과에 떨어졌거나 혹은 무과에 합격했어도 군 생활에 회의를 느껴 떨어져 나온 사람들이었다.

싸움 실력은 별 볼 일이 없지만 오늘만 사는 놈들이기에 거 칠기는 도적 떼와 다를 것이 없다.

비싼 옷을 입고 갔다간 하루에 10번도 습격해 오리라.

곧 아린이와 상혁이가 옷을 갈아입고 나왔고 나는 설명을 계속했다.

"우리도 도굴꾼인 것처럼 행동해야 해. 그냥 내 뒤만 따라다니면 내가 알아서 할 거야."

"응, 그건 그런데……."

상혁이는 나의 귀에 대고 말했다.

"아무리 봐도 아린이는 도굴꾼처럼 안 보이지 않냐?"

갈색의 거친 무복을 입었음에도 아린이는 빛나고 있었다.

아니, 오히려 허름한 옷차림과 대비되어 가녀린 분위기가 더욱 증폭되었다.

하지만 이는 예상한 바였다.

나는 준비해 둔 삿갓을 가져와 아린이의 머리에 씌웠다.

"자, 넌 이거 쓰고 다녀."

외모가 너무 아름답다면 삿갓으로 가려 버리면 되는 일 아닌가.

근데 왜 다 가렸는데도 예쁘지? 이건 내가 생각한 거랑 좀 다른데?

"그냥 아가씨랑 호위 두 명은 어때?"

"그게 좋을 거 같다."

아무리 그래도 아린이가 도굴꾼을 연기하기는 힘들 것만 같다.

그렇게 넋 놓고 아린이를 바라보고 있을 때 즈음 마차가 도착했다.

"일단 출발하자. 자세한 건 가면서 설명해 줄게."

설명할 시간은 많으니 일단 출발하자.

◆ ◈ ◆

추풍고원.

듬성듬성 나무가 난 고원은 높낮이가 다른 민둥산으로 이루어져 있었다.

관광할 만한 곳도, 특별한 특산품도 없는 곳이었으나 최근 추풍에는 많은 외지인이 몰려들고 있었다.

대부분 꾀죄죄한 몰골의 도굴꾼들이었다.

추풍의 한 식당에 들어간 나는 자리를 잡고 앉았다.

도굴꾼들은 언제나처럼 시끌벅적했다.

양아치나 다름없는 저들이 언제 시비를 걸어와도 이상할 것이 없었기에 나는 주변을 경계하며 설명을 시작했다.

"비고에는 함정이 많아. 그러니까 내 앞으로는 걸어 나가면 안 돼. 그리고 무엇보다 수호신장이 문제야. 문이 열리면 바로 움직일 테니까. 그래도 가동까지 시간이 좀 걸리니 각자 목표한 거 딱 하나씩만 잡고 바로 도망쳐 나오자. 알았지?"

"그럼 쉬운 거 아니야? 그냥 보구 하나씩 들고 나오자는 거잖아."

"아니, 수호신장이 미친 듯이 추격해 올 테니까 쉽지는 않을 거야. 그래서 죽어라 수련한 것이기도 하고."

그래도 비고 밖까지는 추격해 오지 않으니 충분히 도망칠 수 있을 것이다.

"다들 목표 확인 한 번씩 할게. 넌 현철쌍검. 우측 벽에 걸려 있어."

이번 비고에서 상혁이의 목표는 현철쌍검이다.

간혹 하늘 저편에서 떨어진 돌에서만 발견된다는 현철을 가공해 만든 쌍검으로 그 강도가 금강석보다도 단단하다고 알려진 검이다.

하지만 양손검보다도 무거운 무게였기에 당시에는 원정대의 두 검사가 하나씩 나눠 가졌다.

"그리고 아린이는 귀혼갑(鬼魂鉀). 좌측 은색 상자 안에 들어 있어."

귀혼갑(鬼魂鉀).

속옷처럼 얇은 천으로 이루어진 갑옷이었다.

사실 일반인들이 사용하면 갑옷이라고 할 수 없다.

그냥 통풍 잘되는 천 쪼가리일 뿐.

하지만 이 귀혼갑의 특징은 음기를 먹고 더 단단해진다는 것이다.

인간이 입으면 별 효과가 없지만 나찰이 입으면 결코 뚫을 수 없는 무적의 갑옷이 되는 셈.

한마디로 아린이를 위한 갑옷이다.

'전에 발견했을 때는 쓸 수 있는 사람이 없었지.'

일단 비고에 있는 보구였기에 챙기긴 했으나 귀혼갑이라는 사실을 알아차리고는 바로 다시 땅에 묻어 버렸다.

'귀혼갑만 얻을 수 있으면 아린이도 어느 정도는 안심이니 얻어야지.'

은월단도, 암부도 아린이를 노리고 있을 것이 분명했기에 이 귀혼갑은 무조건 확보해야만 한다.

그 외에도 수많은 보구와 금은보화가 있지만 욕심을 낼 수는 없다.

딱 필요한 것만 챙겨서 수호신장을 피해 비고를 빠져나와야 하기 때문이다.

욕심 부리다가 죽을 수도 있다.

"알았어. 알았어. 전투는 최대한 피하고 동시에 빠르게 목표한 물건만 집어 들고 도망치기. 확인."

가장 중요한 나의 목표.

공청석유.

그것은 비고 정중앙에 있었다.

직선으로 달려 공청석유를 품에 넣은 뒤 밖으로 빠져나오면 도망칠 수 있다.

그렇게 기본적인 작전 회의를 끝내고 나는 도굴꾼들을 돌아봤다.

생각보다도 분위기가 좋지 않다.

원래는 모두 비고를 찾는 상상에 빠져 행복한 미래를 꿈꾸고 있어야 할 장소인데 말이다.

그리고 어느새 모든 도굴꾼이 우리를 힐끗거리며 바라보기 시작했다.

그러던 중 한 남자와 눈이 마주쳤고 녀석은 기다렸다는 듯이 일어나 다가왔다.

'그래, 도굴꾼들이 가만히 있으면 오히려 섭섭하지.'

역시나 내 예상대로다.

나는 아린이와 상혁이에게 말했다.

"시비 걸어오면 바로 제압할 거야. 약한 모습 보이지 마. 호구 잡히면 끌려다닐 수도 있으니까."

"알았어."

그리고는 남자를 올려보았다.

"너희는 뭐냐? 여기는 우리 구역이니까 도굴하려면 다른 곳 가서 해라."

도굴꾼들은 다른 도굴꾼을 싫어한다.

자기가 발굴해야 할 비고를 다른 누군가가 먼저 발견할 수도 있으니 말이다.

일종의 생업을 건 경쟁자다.

싫어할 수밖에.

그보다 우리 구역이라.

추풍고원의 도굴꾼들은 연합 형태로 존재하는 것만 같았다.

하지만 연합이라고 해 봤자 하급 무사, 혹은 하급 무사도 못 된 놈들이다.

10명이 동시에 달려들어도 손쉽게 처리할 수 있을 정도.

"그쪽이나 다른 데로 꺼지시죠. 여기 비고는 우리가 먹을 생각이니까."

거친 놈들은 거칠게 다뤄 줘야만 한다.

"뭐? 이 어린놈이 싸가지 없이!"

도굴꾼이 손을 드는 그 순간 내가 움직이기도 전에 상혁이가 벌떡 일어나 남자의 손을 잡아 꺾었다.

"윽!"

그 순간 모든 도굴꾼이 벌떡 일어났다.

허세가 아니라 진짜 연합인가 보다.

'도굴꾼들이 연합하는 건 처음 보는데.'

그 어디에서도 볼 수 없는 상황이었다.

도굴꾼들은 대부분 발견도 하지 못한 비고를 자기 것이라 여기는 경향이 있었다.

찾기도 전에 분배부터 생각하는 바보들이란 소리다.

그러니 재물을 나누지 않기 위해 최소한의 인원으로 도굴을 다닌다.

고작 두세 명이 나누는 것도 아까워 서로 칼부림하는 놈들이 연합했다는 것은 매우 놀라운 사실이었다.

"귀찮아지네."

"죽지 않을 정도로만 살살. 맞지?"

아린이가 자리에서 일어나며 말했다.

"응. 죽이지만 말고. 아, 살살은 빼도 돼."

어차피 배경도 없는 놈들이니 말이다.

이윽고 도굴꾼들이 달려들었다.

전선에서 물러나 매일 술이나 마시던 놈들이 강할 리가 없다.

주먹 한 방에 한 명씩 해결되었고 주점 안은 널브러진 도굴
꾼들로 가득 찼다.

"후우, 생각보다도 쉽네."

과거에는 이런 놈들에게 기세부터 지고 들어가 쩔쩔맸었다.

그때는 왜 그렇게 겁이 많았는지 모르겠다.

"크윽, 이 자식들…… 이러고도 무사할 거 같냐!"

"왜? 너 같은 놈들이 더 있냐?"

"우리 대장님만 오면……."

그래도 꼴에 연합이라고 대장도 있는 모양이다.

하지만 도굴꾼은 도굴꾼일 뿐이다.

대장이고 뭐고 그저 그런 놈이겠지.

그렇게 생각할 때 식당 문이 열리며 한 남자가 들어왔고 도
굴꾼들의 표정이 펴졌다.

"대장님!"

딱 맞게 나타났다.

그래도 이 제멋대로인 도굴꾼들을 하나로 모은 게 누군지
낯짝이나…….

"……어?"

뭐야? 저 인간이 왜 여기 있어?

"너희들은 다 죽었어! 이제 우리 대장님이…….”

나는 바로 발밑 도굴꾼의 멱살을 잡은 뒤 작게 말했다.

"저 사람이 뭐야? 왜 여기 있어? 어떻게 된 거야? 다 설명
해. 안 그러면 죽는다.”

내가 살기를 띠자 당황한 도굴꾼이 말을 이어 갔다.

"그, 그게 갑자기 나타나서…….”

"쯧.”

이 녀석한테 양질의 정보를 기대한 내 잘못이다.

난 식당 문을 열고 들어온 남자를 잘 알고 있었다.

우상검객(愚上劍客) 천우진.

저 인간이 도대체 왜 여기서 나와?

나는 몸을 돌린 뒤 상혁이와 아린이에게 말했다.

"지금 당장 나가자.”

"뭐야? 저 사람 아는 사람이야?”

"그건 나중에 말해 줄게.”

그때였다.

"어? 너!"

천우진이 나를 발견하는 소리가 들렸다.

이거 진짜 뭐 됐다.

천우진은 암부였고 암부는 나를 노리고 있다.

그가 나를 알아보는 순간 난 즉시 암살당할 것이다.

아니, 여기서는 암살이 아니라 대놓고 죽이는 건가?

이제 기도하는 수밖에 없다.

저번에도 못 알아봤으니 그가 지금도 나를 못 알아보기를 말이다.

그렇게 기도하며 고개를 돌리자 천우진이 반갑게 걸어왔다.

"이야, 우리가 인연이긴 한가 봐? 여기서 또 만나네? 휴가라도 받았나 봐?"

도대체 뭔데 친근하게 안부나 묻고 있는 걸까?

죽이기 전에 인사부터 하는 미친놈인가?

심장이 미친 듯이 뛰어 대기 시작했다.

그래도 다행이라면 내가 이서하라는 사실을 알고 있지는 않은 듯싶었다.

휴가라도 받았냐는 질문으로 미루어 보아 나를 무과에 통과한 성인 무사로 보는 것이 거의 확실했다.

태연하게 대답해야만 한다.

지금부터 나는 성무학관의 이서하가 아니라 거도대의 중급 무사, 10번이다.

"네, 뭐. 저번 일로 휴가를 길게 받아서."

"하긴, 눈앞에서 대원들이 다 죽는 걸 봤는데 휴가도 안 주면 개새끼지. 그래도 군이 좀 나아지긴 했네. 애들 정신적인 부분도 신경 써 주고. 그래서 여기는 비고 찾으러 왔나?"

"아닙니다. 그냥 휴가로……."

"에이, 아니긴. 휴가 갈 거면 저기 바닷가로 가지 이 여름에 아무것도 없는 고원에 올 이유가 없잖아. 여기 예쁜 친구도 데리고."

천우진은 아린이를 보고 싱긋 웃어 주고는 말을 이어 갔다.

"비고 찾으러 온 거 맞지? 나 거짓말은 싫어해."

"네. 맞습니다."

일단 그의 기분을 건드리지 않게끔 순순히 수긍해 주자.

"좋아. 그럼 같이 찾으면 되겠네. 여기 다 내 부하야. 근데 다 널브러져 있네? 네가 그랬어?"

"아 그게……."

"네! 대장님. 저놈들이 그랬습니다! 아주 질 나쁜 놈들입니다!"

"그래?"

침이 절로 넘어갔다.

그냥 솔직하게 말하자.

저쪽이 먼저 시비를 걸어서 어쩔 수 없다고 말이다.

"저쪽이 먼저 시비를……."

"애들한테 처맞고 자랑이다. 이 새끼들아."

내 변명이 끝나기도 전에 천우진은 도굴꾼의 머리를 후려 쳤다.

"다들 꺼져. 쓰레기 같은 놈들."

도굴꾼들은 잔뜩 겁을 먹고는 나를 쳐다봤다.

천우진과 친해 보이기 때문이다.

사실은 하나도 안 친한데.

"그래서 그쪽 이름은?"

이걸로 확실해졌다.

천우진은 나를 농락하는 게 아니라 내가 이서하인지를 모른다.

'그나마 다행인가?'

잠깐.

지금 비고를 같이 가자고 하지 않았나?

'최악인데?'

천우진이 붙어 버리면 모든 계획이 물거품이 되어 버린다. 애초에 천우진이 공청석유 같은 국보급 영약을 나한테 주지도 않을 테니 말이다.

'잠깐…… 천우진이면 수호신장을 상대로 버틸 수 있지 않나?'

나는 빠르게 머리를 굴렸다.

이거 잘하면 이용할 수도 있을 것만 같다.

생각을 마친 나는 아린이와 상혁이에게 눈빛을 보낸 뒤 고개를 침을 삼켰다.

나는 빠르게 머리를 굴린 뒤 말했다.

"이동하입니다. 중급 무사."

한번 천우진을 농락해 보자.

◆ ◈ ◆

새로 만든 이름은 헷갈리지 않게 간단한 것이었다.

단순히 서를 동으로 바꾼 것.

하지만 전혀 다른 느낌의 이름이 되었다.

"이동하? 근데 어려 보이는데 중급 무사야?"

"네. 여기 제 친구들도 중급 무사입니다."

상혁이는 얼른 일어난 뒤 고개를 숙였다.

"한혁이라고 합니다. 잘 부탁합니다. 선배님!"

상혁에서 상을 뺀 것이다.

그래, 그렇게 이름을 바꿔야 헷갈리지 않지.

앞으로 너는 혁이라고 부르마. 상혁아.

뒤이어 아린이가 삿갓을 살짝 내리며 말했다.

"유린이라고 합니다."

아린이는 이름을 뒤집었다.

아린이와 상혁이 또한 암부에 이름이 알려져 있을 확률이 높기에 본명을 말했다가는 천우진이 눈치를 챌 수도 있었다.

그래도 친구들이 눈치가 빨라 다행이다.

"그래, 그래. 그럼 같이 비고를 찾아보자고. 비고 찾으면 너희들도 조금씩은 줄 테니까 걱정하지 말고."

"하하하, 감사합니다."

감사는 무슨.

이대로 비고로 향한다면 천우진만 좋은 상황이다.

하지만 천우진에게 휘둘리며 시간을 보내느니 바로 비고로 향해야만 한다.

방학은 짧고 시간은 많지 않다.

속전속결.

'잘하면 천우진과 수호신장. 두 가지 문제를 한 번에 해결할 수 있다.'

모 아니면 도다.

천우진을 떼어 내는 건 불가능해 보이니 이 상황을 최대한 이용해야만 한다.

나는 머뭇거리다 천우진에게 가 말했다.

"다 같이 찾을 필요 없습니다. 제가 비고의 위치를 알거든요."

내 말에 천우진이 고개를 휙 돌렸다.

긴장된다.

침이 목을 타고 절로 넘어간다. 천우진은 나를 미심쩍게 보다가 말했다.

"정말이냐?"

"정말입니다."

"그래? 좋아. 한번 확인해 보는 건 어렵지 않지."

천우진은 벌떡 일어나더니 말했다.

"그럼 바로 가자. 어이! 너희들은 여기서 더 놀고 있어라. 하루 휴가를 주지."

그동안 얼마나 부려 먹었는지 도굴꾼들이 안도하는 모습이 보였다.

그렇게 나와 천우진의 동상이몽이 시작되었다.

Chapter 24.

천우진은 이서하의 뒤를 따라가고 있었다.

'잔머리 굴리는 소리가 여기까지 들리네.'

이대로 비고로 향하게 된다면 그 안에 있는 재물은 모두 천우진이 가지게 될 것이었다.

물론 수고비로 몇 푼 쥐여 줄 용의는 있지만 진귀한 보구나 영약 같은 것들은 양보할 생각이 없었다.

'아니꼬우면 강해져야지.'

비고를 발견한 후 그 안의 재물을 나누는 건 보통 가장 강한 사람의 특권이다.

10번, 이동하라는 친구도 그 사실을 알고 있을 것이다.

그럼에도 그는 순순히 비고의 위치를 알려 주겠다고 말한다는 건 무슨 생각이 있다는 것이다.

'무슨 작전을 세웠으려나?'

천우진은 콧방귀를 뀌며 웃었다.

'뭐, 다들 처맞기 전까지는 그럴싸한 작전이 있기 마련이지.'

무슨 작전을 짜든 압도적인 무력 앞에서는 아무런 의미가 없다.

애초에 작전이라는 건 무력이 없는 이들이나 짜는 것이니까.

'사실 저 녀석의 검을 가져가도 되지만.'

자신의 검을 두 동강 내 버린 바로 그 검.

하지만 개인적으로 마음에 드는 후배였기에 지금 당장 검을 뺏을 생각이 없었다.

'무슨 짓을 벌이는지 한번 지켜볼까?'

일단 비고를 찾고 저 꼬마의 작전이 무엇인지를 확인한 뒤움직여도 늦지 않는다.

천우진은 자신만만하게 서하의 바로 뒤에 붙어 따라갔다.

잠시 휴식 겸 비고 안에서 먹을 도시락을 만드는 시간.

밥을 짓는 내 뒤통수가 따갑다.

천우진이 노려보고 있는 것이 분명했다.

'조심해야 해. 괜히 이상한 짓을 했다가는 바로 모가지다.'

천우진은 만만한 사람이 아니었다.

무슨 이유에서인지 나를 살려 두고 있었으나 지금 당장 칼을 빼 들고 달려들어도 이상할 필요가 없다.

'그래도 비고를 찾을 때까지는 시간이 있다.'

추풍고원은 넓고 아무리 정확한 위치를 알고 있어도 이동하는 데 꽤 많은 시간이 걸린다.

나는 간단하게 밥을 하며 상혁이에게 말했다.

"누구냐고? 아, 그 예전에 우리 할아버지 부하셨던 분이라서 알고 있어. 진짜 굉장하신 분이야."

그러면서 땅에 글씨를 적었다.

'암부. 박성진 죽인 사람.'

상혁이는 표정을 굳히며 글자를 지웠다.

"그래? 이야, 그럼 진짜 대단한 분이시네. 영광이네. 영광이야."

상혁이는 내 말에 맞장구를 쳐 주며 흙바닥에 글자를 적었다.

'암부? 너 암살?'

상혁이도 방학에 있었던 일을 알고 있었다.

상혁이 또한 내가 믿고 의지할 수 있는 동료였으니 세상 돌아가는 일을 어느 정도는 알고 있어야만 했다.

나는 고개를 끄덕인 뒤 얼른 글자를 지우고 새로 썼다.

'날 모름. 수호신장과 싸우게 할 생각. 작전은 동일. 다만

내 신호 기다려.'

그때였다.

나의 육감에 천우진이 다가오는 것이 느껴졌고 나는 얼른
글자를 지운 뒤 말했다.

"이야, 밥이 잘되네! 하하하."

어색하게 웃는 나의 뒤로 천우진이 얼굴을 들이밀며 말했
다.

"남자 새끼 둘이 뭘 그렇게 좋아서 떠들고 계시는가?"

"엄마야! 깜짝아!"

나는 있는 힘껏 놀라는 척하며 뒤를 돌아보았다.

천우진은 그런 나에게 어깨동무를 하며 말했다.

"무슨 필담을 그렇게 정겹게 나누나?"

"필담이라뇨? 그냥 밥 짓고 있었습니다."

천우진은 빙긋 웃더니 나에게 어깨동무를 한 뒤 속삭였다.

"그래? 그래. 열심히 작전 짜야지. 근데 뭔 짓을 할 거면 잘
해야 할 거다. 안 그럼 네 예쁜 친구도 죽어. 알았지?"

지금 아린이로 협박하는 건가?

순간 내 표정이 굳자 천우진이 내 턱을 잡으며 말했다.

"웃어. 웃어. 친구들 긴장하지 않게."

"하하하! 일단 식사부터 하시죠."

"그래야지. 나부터 가져간다."

"그러시죠."

그래, 지금 그렇게 까불어 둬라. 천우진.

내가, 아니, 수호신장이 너를 벌할 테니까.

◆ ◇ ◆

식사가 끝나고 나는 비고가 있는 장소에 도착할 수 있었다.

허허벌판 위에는 그저 큰 나무 세 그루가 삼각형 모양으로 서 있을 뿐.

나는 발을 멈추며 말했다.

"여기입니다."

"그럼 뭐 하고 있어? 빨리 땅을 파."

"땅을 판다고 비고가 나오지는 않습니다. 실제로 많은 도굴꾼들이 나무의 배치를 수상하게 여겨 많이 파낸 장소니까요."

도굴꾼들도 누군가 심은 듯한 이 나무의 배치를 수상하게 여겨 이 안쪽을 파 보았다.

하지만 그들은 깊은 구멍을 팔 수 없었다.

팔 수 없을 만큼 단단한 지층이 나왔기 때문이다.

"그러면 어떻게 하라고? 하늘에서 떨어지나?"

"에이, 그럴 리가 있나요."

나는 나무를 가리키며 말했다.

"이 나무 안에 입구를 열 수 있는 기계 장치가 있습니다."

회귀 전.

전쟁이 한창 진행될 때였다.

초기 무상으로 지원해 주던 제국에서도 추가 지원군을 바란다면 돈을 가지고 오라고 통보해 왔다.

전쟁 중에, 그것도 패주하던 왕국에서 지원금을 보낼 수 있을 리가 없었고 군은 존재조차 확실하지 않은 비고를 찾아 이 지원금을 감당하자는 말을 꺼냈다.

그만큼 간절했다는 뜻이다.

이 말도 안 되는 작전이 승인나고 내가 속한 원정대는 비고를 찾기 위해 목숨을 걸고 추풍고원을 뒤졌다.

'그때도 막막했지.'

그나마 가장 신빙성 있는 장소였으며 이미 도굴꾼들이 찾을 만한 곳은 다 파 본 뒤였기에 쉽게 찾을 수 있으리라 생각했다.

하지만 우리는 한 달이나 허송세월하였고 비고는 보이지 않았다.

그때 우연히도 벼락이 이 세 그루의 나무 중 하나를 때렸고 그렇게 비고로 들어가는 입구를 열 수 있었다.

행운이라면 행운이고 불행이라면 불행이었다.

안에는 온갖 함정과 수호신장까지 있었으니 말이다.

천우진은 반신반의하며 앞으로 걸어 나왔다.

"나무 안에 있단 말이지?"

"네, 그렇습니다. 나무를 부수면…….."

내 말이 끝나기도 전에 천우진은 자세를 잡았다.

육안으로 보일 정도로 응축된 기가 천우진의 검으로 모여드는 것이 보였다.

'생각보다도 수준이 높다.'

저번 전투에서는 나를 봐준 것이었구나.

강무성 또한 기를 구현화할 수 있었으나 저렇게도 진하게, 그것도 몸이 아닌 검에 모을 수는 없었다.

"흐읍!"

천우진이 검을 휘두르자 검기가 고목을 갈기갈기 찢었다.

도대체 어떻게 돼먹은 내공이야.

성인 남성 10명은 족히 필요할 것만 같은 거대한 고목을 한 번에 흔적도 없이 날려 버릴 정도의 검기.

'그만큼의 내공을 심심풀이로 쓸 수 있다는 게 대단한 거지.'

고작 나무 하나 베는 데 저 정도를 쓸 정도라면 얼마나 내공이 많은 건지 감도 오지 않는다.

나무가 사라진 자리에는 거대한 쇠봉 하나가 세워져 있었다.

"오, 진짜 뭐가 있긴 하네."

지렛대.

회귀 전, 벼락에 맞은 나무 안에 지렛대가 있는 것을 발견한 나는 나머지 두 그루 안에도 지렛대가 숨겨져 있으리라 생각하고 잘라 보았다.

예상대로 나머지 세 그루의 나무 안에도 지렛대가 숨겨져 있었고 이것을 돌리는 것으로 비고의 입구를 열 수 있었다.

물론 천우진처럼 무식하게 날려 버리지는 않았지만.

저 검기에 지렛대가 안 부러진 게 용하다.

"이걸 움직이면 비고가 열리는 건가?"

"아직 2개가 더 있습니다. 동시에 지렛대를 움직이면 비고
가 열릴 겁니다. 근데 좀 조심스럽게 해 주시겠습니까? 지렛
대가 부러지면……."

하지만 내가 말을 끝내기도 전에 검기가 나무들을 박살 냈
다.

다행히도 지렛대는 멀쩡하다.

천우진은 나를 돌아보며 말했다.

"그 정도 힘 조절은 한단다. 후배야."

참으로 잘나셨습니다.

잘못하면 육성으로 말할 뻔했다.

"이제 이걸 동시에 돌려야 합니다. 저희가 열겠습니다."

아린이와 상혁이, 그리고 나는 지렛대를 하나씩 잡은 뒤 동
시에 눕혔다.

그러자 굉음과 함께 바닥이 꺼졌다.

"뭐야?"

천우진은 눈을 동그랗게 떴고 끝이 보이지 않도록 꺼진 땅
을 바라봤다.

나는 그의 옆으로 걸어가 말했다.

"여기가 비고입니다."

지렛대를 움직이지 않으면 절대로 열리지 않는 입구였기에 도굴꾼들은 단단한 지층이 나타났다고 생각할 수밖에 없었다.

그렇기에 이 비고는 지금까지도 발견되지 않고 남아 있을 수 있었다.

등잔 밑이 어둡다는 것이다.

고원의 특성상 햇빛을 피할 나무가 많이 없었다는 것도 한몫했다.

그나마 있는 큰 나무들을 잘라 버리면 여름에 쉬어 갈 곳이 적어지니 말이다.

어쨌든 비고가 열리고 나는 땅 밑에 있는 원형 계단을 가리키며 말했다.

"들어가시죠."

"내가?"

천우진은 피식 웃고는 말했다.

"네가 먼저 들어가야지. 뭐가 있을 줄 알고?"

"선배님이 먼저 들어가는 멋진 모습을 보여 주실 수는 없습니까?"

"하하하. 재밌는 소리를 하는구나. 후배야."

천우진은 나에게 어깨동무를 하더니 말했다.

"여기가 진짜 비고인지, 아니면 함정인지 네가 몸으로 증명하거라."

"……그러죠."

참 조심성도 많은 사람이다.

사실 원래도 내가 먼저 들어갈 생각이었다.

천우진에게 먼저 내려가라고 말한 것은 내가 초조함을 연기하기 위함이다.

"하아."

나는 일부러 한숨을 쉰 뒤에 준비해 온 홰에 불을 붙였다.

"그럼 들어가겠습니다."

천우진은 다 이긴 듯 미소를 짓고 있었다.

내가 비고의 함정에 모든 것을 걸고 있다고 생각하는 편이 마지막에 뒤통수를 때리기 쉽다.

나는 횃불을 내밀어 앞을 밝힌 뒤 계단을 내려가기 시작했고 그 뒤로 아린이와 상혁이가 따라왔다.

어둠을 헤치고 통로까지 내려온 나는 벽에 붙어 있는 초에 불을 붙였다.

오래 고여 탁한 공기가 텁텁하다.

나는 밝아진 통로를 바라보며 말했다.

"함정이 많으니 누구도 내 앞으로 걸어 나가면 안 돼. 알았지? 선인님도 일렬로 서서 제가 밟은 곳만 밟으며 따라와 주길 바랍니다."

"그래, 그래. 알았어. 걱정하지 마."

"그럼 출발합니다."

나는 그렇게 어두운 비고 안으로 천천히 발걸음을 옮겼다.

◆ ◆ ◆

추풍비고는 기계식 비고의 결정체라고 할 수 있다.

한 번 발을 잘못 디디면 사방에서 화살이 날아오고 땅이 꺼지며, 천장이 무너져 내렸다.

회귀 전, 이 비고에 들어왔던 나의 원정대는 10명 정도를 함정으로 잃고서야 비고에 도착할 수 있었다.

그만큼 위험한 함정들이 많았기에 한 치의 실수도 용납되지 않았다.

'천우진이 내 말대로 잘 따라와 줬으면 좋겠는데 말이야.'

그가 돌발 행동을 하면 모두가 위험해진다.

저 괴물 같은 인간이야 함정이 발동되든 말든 대처할 수 있겠지만 우리는 그럴 수 없다.

그래도 일단은 내 지시에 따라 일렬로 잘 걸어와 주고 있다.

나는 벽에 걸린 초에 불을 붙이며 걸어가다 말했다.

"첫 번째 함정이다. 뒤쪽에서 화살이 날아올 거야. 그럼 발동시킨다. 하나, 둘, 셋!"

나는 셋을 셈과 동시에 함정을 발동시켰다.

동시에 뒤쪽 벽이 열리며 화살이 날아들었다.

"호오? 진짜네."

천우진은 감탄하며 화살을 전부 쳐 냈다.

20개나 되는 화살이 천우진의 검기 한 번에 모두 힘을 잃고 떨어졌고 그는 나를 돌아보며 말했다.

"함정은 어떻게 알았어?"

"제가 이쪽에 조예가 깊습니다."

첫 번째 함정.

이것만큼은 정확하게 기억하고 있었다.

항상 뒤에 서 있던 탓에 긴장감이 풀어진 상태에서 이 함정에 걸려 죽을 뻔했으니까.

'하지만 다 기억할 수는 없단 말이지.'

아무리 내 기억력이 좋다고 하더라도 100년도 더 된 옛날에 발견한 비고의 함정을 모두 외우고 있을 수는 없었다.

하지만 그래도 상관없다.

그 이후로도 나는 수많은 비고를 털기 위해 기계식 비고를 분석하고 공부했다.

대부분의 기계식 비고의 함정은 비슷한 것들뿐이었고 나는 달인 수준의 경험과 지식을 가질 수 있었다.

'나찰의 비고는 요술로, 인간들의 비고는 기계 장치와 토무사(土武事)들로 이루어져 있다.'

토무사(土武事)란 수호신장(守護神將)처럼 흙 인형에 내공을 불어넣어 만든 무사들이다.

184

이들은 불어넣은 내공이 전부 소진될 때까지 자신을 만든 주인의 모습을 따라 한다.

주입한 내공에 따라 실력이 달라지며 아무리 많은 내공을 부여해 봤자 3할의 실력도 내기 힘들지만 비고를 지키기에는 이보다 좋은 경비병이 없다.

'이 비고의 주인도 엄청난 고수였겠지.'

수호신장의 실력은 선인 이상이었으니 말이다.

비고 안에는 그런 게 4개나 있다.

생각만 해도 아찔하다.

"그럼 계속 이동하겠습니다."

나는 함정을 하나하나 다 발동시키며 앞으로 나갔다.

예상외로 천우진은 얌전히 따라오며 발동되는 함정을 막아 주었다.

"이번에는 토무사가 나올 겁니다. 모두 최대한 움직임을 작게 가져가며 상대해 주세요."

"빨리 발동이나 시켜."

"그럼 하나, 둘, 셋!"

발동과 동시에 천우진은 사방에서 튀어나오는 토무사를 향해 검기를 날렸다.

토무사들은 검을 들어 보기도 전에 박살 났다.

무려 10기가 제대로 자세조차 잡기도 전에 천우진의 검기에 사라졌다.

저 인간 아까부터 검기만 죽어라 날리는데 지친 기색도 없다.

그때 천우진이 나를 바라보며 말했다.

"야, 근데 너 함정 쪽에 조예가 깊다고 하지 않았어?"

"네, 그랬습니다."

"그럼 피해 가면 될 걸 왜 다 발동시키며 가냐?"

"……."

아, 그렇구나!

그게 좀 이상하겠구나.

하지만 솔직하게 말할 수는 없다.

비고 안에 들어가면 수호신장이 있고 당신이 그것을 상대할 동안 최대한 빨리 도망치려면 모든 함정을 제거하며 가야 한다는 것을 말이다.

"그, 그게……."

나는 열심히 머리를 굴렸다.

빨리 대답하지 못해도 수상하게 여길 것이다.

그럴듯한 이유.

그럴듯한 이유를 무조건 찾아야만 한다.

그때 나는 뭐에 홀린 듯 말했다.

"함정이 보이면 발동시켜 보고 싶지 않습니까? 하하하! 제가 관심이 많아서. 하하하."

망했어!

내가 생각해도 병신 같은 이유다.

그냥 발동시켜 보고 싶어서.

그게 말이 되나?

천우진은 무표정하게 나에게 다가왔다.

진짜 제대로 망했다.

당장이라도 내 목을 날려 버릴 것만 같은 분위기다.

내 대답에 경악한 상혁이도 슬쩍 눈치를 보며 마음을 잡는 것만 같았고 아린이도 전투 준비를 하는 듯 보였다.

그렇게 마음의 준비가 끝나는 순간 천우진이 내 어깨에 손을 올리며 말했다.

"그렇지?"

"네?"

"연구자라면 그런 호기심 정도는 있어야지. 이해해. 이해해. 그럼 계속 가 보자고."

천우진은 신이 나서 자리로 돌아갔다.

나는 아린이와 상혁이를 돌아봤다.

뭐야 저 인간?

그 이유로 납득한 거야?

왜?

아, 모르겠다. 납득했으면 된 거다.

"그럼 계속 가겠습니다."

모르겠다.

저 인간의 생각을.

하지만 상관없다.

'어차피 양쪽 다 똑같은 생각을 하겠지.'

그렇게 승부의 순간이 다가오고 있었다.

◆ ◈ ◆

희한한 놈이다.

천우진은 이서하를 따라가며 그에 대한 평가를 계속 올렸다.

'기본적인 실력은 물론 이 정도로 기계 장치를 잘 파악할 수 있다면 큰 도움이 될 거다.'

지금까지 만나 본 그 누구도 동료로 삼고 싶은 적이 없던 천우진이다.

천우진에게 동료는 짐과 같았다.

언제나 챙겨 줘야만 하는 그런 짐.

그러나 저 꼬마는 달랐다.

영리하고 재능이 있었기에 잘만 키운다면 100명의 살수가 부럽지 않을 것만 같았다.

'함정을 전부 처리하는 건 아마도 나에게서 도망칠 밑 작업이겠지.'

그걸 못 알아차릴 정도로 천우진은 멍청하지 않았다.

변명이 말도 안 되는 것은 둘째 치더라도 그 의도가 다 보이는 행위였다.

'어차피 나도 좋지.'

천우진 또한 비고를 빠져나가기 위해서는 왔던 길을 그대로 돌아가야 한다.

비고 안의 물건을 모두 옮길 생각인 천우진 입장에서도 함정이 빠짐없이 해체되는 건 반길 만한 일이다.

'무엇보다 비고 안에서 행동에 따라 다 죽여야 할 수도 있으니 말이야.'

아무리 서하가 마음에 들었다고 한들 천우진은 선인이 아니다.

자신을 적대하는 이들을 살려 보낼 줄 만큼 그는 무르지 않다.

'하지만 아깝단 말이지.'

이대로 죽이기는 아깝다.

동료로 삼고 싶은 후배는 처음이었으니까.

천우진은 잠시 생각하다 말했다.

"거기, 이동하라고 했나?"

이동하.

서하가 천우진에게 말한 가명이었다.

"네? 아! 네!"

"잠깐 얘기 좀 할까?"

"그러시죠."

천우진은 빙긋 웃어 보였다.

기회를 주는 것도 나쁘지는 않을 것이다.

◆ ◈ ◆

저 인간이 왜 나를 부를까?

아까 말한 변명이 마음에 안 들었을까?

하긴, 누가 봐도 이상했다.

일부러 함정을 발동시키며 가는 미친놈이 어딨을까? 적당
히 피해서 가면 위험하지도 않은데 말이다.

아니면 한 번 경고를 주려는 것일까?

어느 쪽이든 긴장되는 건 마찬가지다.

"할 말이라도 있으십니까?"

"너 암부에 들어와라."

천우진의 제안에 나는 표정을 굳혔다.

상상치도 못한 제안이었다.

내가 대답하기도 전에 천우진은 말을 이어 갔다.

"딱 봐도 나이가 많아 봤자 20살 전후일 거 같은데. 맞지?"

"네, 맞습니다."

"그럼 꿈에 부풀어 있겠지. 뛰어난 무사가 되어서 왕국을
더 살기 좋게 바꾸고, 명예도 얻고, 위대한 영웅도 되고. 그런

꿈에 말이야."

보통 무사들의 목표는 천우진이 말한 그대로다.

천우진은 단호하게 말을 이었다.

"나도 그랬어. 내가 왕국을 바꿀 수 있을 줄 알았지. 그만한 실력도 있었고, 각오도 있었어. 하지만 불가능해."

"어떻게 확신하죠?"

"위가 너무 썩었거든. 내가 왜 우상검객이라는 칭호를 듣는 줄 아느냐?"

"무리한 돌격으로 부하들을 전부 죽여서서 그렇다고 들었습니다."

"그 무리한 돌격을 시킨 게 내 상관이었지. 절대로 안 된다고 했는데 명령 불복종으로 내 목을 베겠다고 하더군. 그때 내가 그 자식을 죽였어야 했는데 그럴 용기가 없었어. 부하들이 이길 수 있다고, 돌격하자고 하는 말에 자기 합리화를 하며 그냥 돌격했지. 결과는 뻔하게도 몰살. 나만 살아남았다."

나는 잠자코 천우진의 말을 들었다.

그의 이야기는 훗날 밝혀진다.

하지만 지금의 천우진은 그저 멍청하게 돌격해 부하들을 전부 죽이고 그 충격으로 미쳐 상관까지 죽인 광인으로 알려져 있을 뿐이다.

"그래서 난 내 상관을 죽였다. 그런 멍청한 놈은 죽는 게 도와주는 거니까. 그랬더니 범죄자가 되어서 쫓기는 신세가 되었지."

"……그래서 암부에 들어가셨습니까?"

"맞아. 여긴 자유롭거든. 하고 싶은 임무를 하고 그에 맞는 보상을 받고. 의리만 지킨다면 훨씬 간단명료하게 돌아가는 사회지."

천우진은 한껏 암부를 자랑하더니 말했다.

"그러니 너도 들어와라. 너처럼 젊고 능력 있는 놈들은 이용당하다가 죽을 뿐이야. 낭중지추(囊中之錐)라는 거지. 삐져나오면 버려지는 거야."

그의 말이 맞다.

배경이 없는 재능은 좋게 보이지 않는다.

가진 자는 개천에서 용이 나지 않기를 바란다.

자신들이 가진 것을 나눠야 하니까.

그러니까 용이 이무기일 때 죽인다.

승천하지 못하게.

절대로 위로 기어오르지 못하게.

천우진은 그렇게 희생된 용이었다.

이 나라가 버린 용은 지하에서 똬리를 틀어 버렸다.

"너도 나처럼 심한 꼴 보기 전에 바로 암부에 들어와라."

혹한다.

천우진이 내 편이 되어 준다면 무서울 것이 많지 않다.

하지만 그렇다고 암부에 들어갈 수는 없는 일이다.

언제까지고 암부로 활동할 수도 없었고 잠시 활동하다 빠져나올 수도 없다.

암부는 배신자를 세상 끝까지 따라가 처단하기로 유명하니까.

하지만 이 상황은 이용할 수 있다.

'천우진의 제안을 역으로 이용할 수 있다.'

사실 천우진은 천마산에서부터 나에게 묘한 호감을 보였다.

처음부터 전력을 다해 나를 죽이지 않고 실력을 확인하듯 놀아 주질 않나, 추풍에서도 반갑게 맞아 주질 않나.

암부의 살수라고는 생각할 수 없는 행동이었다.

'이용해야겠네.'

천우진이 암부의 살수만 아니라면 강무성만큼 친하게 지낼 수 있었겠으나 어쩔 수 없이 그를 기만해야만 한다.

"만약 제가 거절한다면?"

"언젠가 나랑 적으로 만나겠지. 비고 안에 있는 보구나 영약도 가져갈 수 없을 거고. 그래도 목숨은 살려 줄게. 비고를 찾아 주었으니까."

목숨은 살려 준다니 참으로 고맙다.

하지만 여기서 공청석유를 가져가지 못한다면 살아도 사는 것이 아니다.

나는 마지못해 말했다.

"정말 제 친구들도 받아 주는 겁니까?"

"그럼. 물론이지."

"……그럼 한 가지만 약속해 주시죠."

나는 간절한 얼굴로 말했다.

"저 비고 안에서 하나씩만 먼저 가져갈 수 있게 해 주시겠습니까?"

"하나씩? 저 안에 뭐가 있는지도 아는 거야?"

"위치도 알고 있으니 비고 안에 뭐가 있는지 알아도 이상할 건 없죠. 딱 하나씩만 가져가겠습니다. 그러면 선인님을 따르겠습니다."

"뭐길래?"

천우진은 턱을 괴며 말했고 나는 심호흡과 함께 말했다.

"공청석유입니다."

나의 말에 천우진의 얼굴이 굳어졌다.

"공청석유?"

"네."

천우진은 흥미롭다는 듯 고개를 끄덕였다.

무인이라면 모두가 탐내는 최고의 영약.

이것을 솔직하게 말하는 건 도박수다.

하지만 천우진에게 신뢰를 얻기 위해서는 도박을 해야만 한다.

공청석유는 미래를 팔아서라도 얻을 가치가 있는 영약.

그렇기에 내 말이 더 신빙성 있게 들릴 것이다.

여기서 천우진이 공청석유를 준다고 해도 좋고, 주지 않겠다고 해도 좋다.

모든 것을 말한 이상 그는 내가 암부에 들어가기로 마음을 다잡았다고 생각할 테니 말이다.

"하하하! 공청석유라 그거지? 그럼 나머지 두 친구는 뭘 원하는 거지?"

"현철로 만든 쌍검과 나찰의 갑옷입니다."

이것도 솔직하게 말하자.

나는 두근거리는 마음으로 천우진의 대답을 기다렸다.

천우진은 미소와 함께 말했다.

"좋아. 그럼 공청석유는 너에게 주마."

정말로?

이거 점점 천우진을 따르고 싶어지는데.

그런 쓸데없는 생각을 하던 나는 재빨리 고개를 숙였다.

"감사합니다."

"그래서 원래 작전은 뭐였어?"

"……."

"빨리 말해. 네가 말한 정보가 조금이라도 틀리면 바로 목을 날려 줄 테니까 그렇게 알고."

"어쩔 수 없네요. 알겠습니다. 지금까지 함정이 많지만 정말로 위험한 함정은 비고 안에 있습니다."

"비고 안에?"

"네, 문이 열리고 조금만 지나면 입구가 막히며 4기의 수호 신장이 나올 겁니다. 지금까지 상대한 토무사와는 격이 다르죠. 원래 작전이라면 목표했던 물건만 가지고 입구가 막히기 전에 도망치려 했지만……."

"내가 있어서 그 작전이 폐기되었다는 건가?"

"네, 그렇습니다. 선인님만 괜찮다면 선인님도 보구 하나 정도만 챙겨서 나오는 방법도 있지만……."

"난 그런 쫄보 짓은 안 해. 비고 안에는 돈도 많을 거 아니야?"

"그렇습니다."

"그럼 그것도 챙겨야지. 새로운 작전을 만들어 봐. 그럼 공청석유랑 네 친구들 보구는 챙겨 주마."

"네, 알겠습니다. 그럼 천우진 선인님이 두 기를 상대하는 동안 나머지 두 기를 저희가 상대하겠습니다. 바로 나가지 않으면 입구가 닫혀 버리기 때문에 수호신장을 전부 처리하는 수밖에는 없습니다."

입구가 막힌다는 것은 거짓말이다.

사람을 속일 때는 9할의 진실과 1할의 거짓을 섞는 것이 중요했다.

"수호신장은 하나하나가 백의선인 그 이상의 힘을 가지고 있습니다. 선인님이 둘을 제거할 동안 저희가 버티고 바로 지원하러 와 주시면 감사하겠습니다."

"작전 괜찮네. 하지만 만약 허튼짓하면 다 죽는 거다. 알았냐?"

"허튼짓할 수 없습니다. 선인님이 아니면 저희 힘으로는 수호신장을 이길 수 없으니까요."

천우진은 의미심장한 미소를 지으며 고개를 끄덕였다.

"기대하지."

기대한다는 말이 왜 배신하면 죽인다는 말로 들릴까.

하지만 크게 신경 쓰지 말자.

어차피 암부는 나를 죽이려고 하니 원수 목록에 천우진 하나가 낀다고 달라지는 건 없다.

그렇게 걷기를 한참.

드디어 비고로 들어가는 거대한 비고의 석문이 나타났다.

석문 앞에 도착한 나는 크게 말했다.

"문을 열 겁니다. 두 사람은 바로 미리 얘기해 둔 보구를 가지고 와. 전투에 필요할 거야. 선인님은 최대한 빨리 수호신장을 제압하고 지원을 와 주십시오. 오래 버티지 못할 겁니다."

"그래, 그래. 안 그래도 그럴 생각이야."

천우진은 여유로웠다.

고작 수호신장에게 고전할 리가 없다고 믿는 것만 같았다.

하지만 난 경고했다.

수호신장은 강하다고 말이다.

"그럼 엽니다."

문을 밀자 비고 안에 고여 있던 공기가 뿜어져 나왔다.

그와 동시에 아린이와 상혁이가 달려가 현철쌍검과 귀혼갑을 챙겼고 나는 중앙에 있는 공청석유를 확보했다.

그에 비해 천우진은 여유롭게 들어와 비고를 구경했다.

"이야, 이걸 다 포기할 생각이었다고?"

비고에는 어마어마한 양의 금은보화와 보구들이 존재했다.

당장 벽에 걸린 검 20자루만 하더라도 모든 무사가 탐낼 만한 명검들이었다.

"그래서 수호신장이라는 건 언제 나오지?"

"이제 곧……."

나는 아린이와 상혁이를 돌아봤다. 상혁이는 현철쌍검을 휘둘러 보며 새로운 무기의 감을 잡고 있었고 아린이는 두꺼운 무복을 벗어 던지고 얇은 옷 위에 귀혼갑을 입었다.

아직은 도망쳐서는 안 된다.

천우진이 수호신장에게 발목이 잡혔을 때 도망쳐야 하니까.

이윽고 벽이 열리며 안에서 수호신장들이 걸어 나왔다.

도깨비 형상을 한 갑옷과 거대한 검. 정교한 보구에 비해 대충 만든 얼굴이 오히려 더 살벌하게 느껴졌다.

"거짓말이 아니네. 일단 합격. 그럼 바로 처리하고 도와줄게."

천우진은 비고 안에 있는 검을 빼 들고는 수호신장을 향해 달려들었다.

비호(飛虎)와도 같은 공격이었으나 수호신장은 손쉽게 검을 들어 막았다.

"호오? 진짜 강하긴 하네."

그러니까 내가 보통 토무사와는 다르다고 했잖아.

회귀 전, 비고에 들어왔던 내 원정대에는 홍의선인 한 명과 백의선인 7명이 있었다.

수호신장이 나왔을 때 나를 비롯한 하급 무사들은 모두 구석에 처박혀 벌벌 떨고 있었고 선인들이 나누어져 수호신장을 상대했다.

그 결과 백의선인 다섯이 죽었다.

수호신장 넷을 쓰러트리는 데 선인 5명.

숫자도 이쪽이 우세했음에도 나온 결과였다.

아무리 천우진이라도 쉽게 수호신장을 제압할 수 없으리라.

그렇게 생각하고 있을 때 상혁이가 말했다.

"서하야. 우린 어떡하냐?"

"우리? 우리는……."

나는 입구를 향해 달리는 수호신장을 바라봤다.

회귀 전에도 같았다.

수호신장 한 기는 침입자가 빠져나가지 못하게 입구를 지켰고 이를 뚫으려던 상급 무사들이 전부 죽었다.

하지만 나는 뚫어야 한다.

"뚫어야지. 먼저 아린이가 돌격하고 내가 뒤를 따른다. 상혁이 너는 그 틈에 빠져나가 뒤를 잡아."

"저 선인은?"

"몰라, 버려."

나는 아린이를 돌아봤다.

지금 우리 셋 중에 가장 강한 사람이 누구인가?

그것은 나찰화를 사용한 아린이다.

"아린아, 부탁한다. 가지고 있는 모든 걸 쏟아부어어 해."

"맡겨 둬."

아린이는 바로 음기를 폭발시켰다.

입고 있는 귀혼갑이 이에 반응하듯 은빛으로 빛났다.

아린이는 망설임 없이 수호신장을 향해 달렸고 나 역시 극양신공을 사용한 뒤 그 뒤를 따랐다.

'한 번에 뚫지 못하면 죽는다.'

남은 한 기의 수호신장이 우리 쪽에 가담하는 순간 탈출 가능성은 사라진다.

거기다 이미 천우진을 배신한 상태이기에 수호신장에게서 살아남는다고 하더라도 탈출하지 못하면 의미가 없다.

단 한 번의 기회.

그것을 살려야만 한다.

그렇기에 나 또한 모든 양기를 폭발시켰다.

우리가 탈출하려는 것을 본 수호신장은 바로 검을 들어 내려쳤다.

그리고 그 순간.

아린이는 팔을 들어 검을 막았다.

"야!"

"......!"

상혁이가 놀라 소리쳤고 나 또한 심장이 떨어지는 줄 알았다.

물론 귀혼갑이 있었기에 팔이 잘리거나 하지는 않았다.

하지만 아린이는 방금 귀혼갑을 처음으로 입었다.

나였다면 갑옷이 얼마나 튼튼한지도 모르는 상황에서 저런 대담한 행동을 할 수 있을까?

어쨌든 아린이는 수호신장의 공격을 막은 뒤 주먹을 내질렀다.

쿵! 하는 소리와 함께 충격파가 퍼지고 수호신장의 몸이 뒤로 살짝 밀린다.

이때를 놓칠 수 없다.

낙월검법, 이위화(離爲火)

검을 높게 치켜든 나는 낙월검법을 사용해 수호신장의 팔을 날렸다.

그 공간으로 상혁이가 파고들어 뒤쪽에서 수호신장의 몸에 쌍검을 찔러 넣었다.

"지금이야!"

작전대로 아린이가 먼저 나가고 나는 그 뒤를 따랐다.

하지만 그 순간이었다.

"10버어어어언!"

어느새 수호신장 셋과 싸우고 있는 천우진이 소리를 질렀다.

마치 야차와 같은 얼굴로 나를 노려본다.

나는 그런 그를 돌아보았다.

수호신장 셋에 둘러싸인 천우진은 그제야 내 배신을 알아차리고 외쳤다.

"지금 나가면 무슨 일이 있어도 내가 널 찾아내 죽일 거다. 네 친구도 남김없이 찢어 죽일 거다. 그래도 괜찮겠냐?"

최근 들었던 협박 중에 가장 무서운 협박이었다.

하지만 내 대답은 정해져 있다.

"⋯⋯해 보시죠. 기다리고 있겠습니다."

"하아⋯⋯."

천우진은 달려드는 수호신장을 상대하며 중얼거렸다.

"건방진 새끼."

"빨리! 이서하! 더 못 버틴다고!"

어떻게든 검을 박아 넣고 수호신장이 못 움직이게 버티던 상혁이가 소리를 질렀다.

나는 서둘러 수호신장의 공격을 피해 문밖으로 나갔고 동시에 상혁이가 검을 빼 달리기 시작했다.

"뭐 하는 거야? 빨리 나와야지!"

"네가 잘 버텼잖아."

"무슨 심장을 찔렀는데 안 죽냐? 계속 버둥거리던데."

"인형이니까. 심장도 없지."

백의선인 정도의 수호신장이 무서운 이유는 죽지 않기 때문이다.

이들을 제압하기 위해서는 산산조각을 내야 한다.

사지를 자르는 것만으로는 어떻게든 다시 결합해 버리니 말이다.

저 문지기 역할을 맡은 수호신장도 금방 잘린 팔을 붙이고 천우진을 공격할 것이다.

'아니면 우리를 따라올 수도 있지.'

그러니 최대한 빨리 달려야만 했다.

그 순간 방금 상혁이가 나를 어떻게 불렀는지가 떠올랐다.

"잠깐……! 야, 너 아까 내 이름 불렀지."

"어?"

상혁이는 그제야 자기 실수를 깨닫고는 하얗게 질렸다.

"내, 내가 너 서하라고 불렀냐?"

"이서하라고 똑똑히 불렀는데."

"내가? 진짜로 내가 그랬다고?"

"네가 그랬다고! 이 미친놈아!"

천우진이 내 이름을 알아 버렸다.

아이고.

"아니다. 상관없겠다. 어차피 천우진이 살아남으면 나를 찾으려고 전국을 뒤질 테니까. 근데 설마 살아 나오겠어?"

그때 맨 앞에서 달리던 아린이가 말했다.

"수다 떨지 말고 달려야 할 거 같은데?"

나와 상혁이는 동시에 고개를 돌린 뒤 바로 속도를 올렸다.

어느새 팔을 붙인 수호신장이 미친 듯이 따라오고 있었다.

"망할."

저건 왜 천우진한테 안 붙고 우리를 쫓고 난리인지 모르겠다.

"죽어라 달려야겠네."

나와 아린이는 입구를 뚫는 데 이미 상당한 내공을 소진했기에 저 수호신장을 제압하는 건 불가능하다.

일단 비고부터 빠져나가고 걱정해야만 할 거 같다.

◆ ◆ ◆

한 식경 정도가 지난 뒤.

천우진은 산처럼 쌓인 수호신장의 파편에 앉아 생각에 잠겨 있었다.

"이서하? 이동하가 아니라 이서하라고?"

이서하라는 이름은 천우진도 잘 알고 있는 이름이다.

철혈 이강진의 손자이자 암부가 움츠릴 수밖에 없는 이유.

그리고 현재 천우진의 목표이기도 했다.

"크하하하하! 이거 완전 한 방 먹었네."

원정대에 포함되어 있었기에, 도저히 학생 실력이라고는 볼 수 없었기에 당연히 동안의 중급 무사라고 생각했었다.

이서하는 그 착각을 아주 철저하게 이용했다.

"내 호의를 이렇게 배신했다는 거지?"

처음부터 암부에 들어올 생각이 없던 것이다.

협박도 웃어넘겼겠지.

그러지 않고서는 저렇게 대범한 행동을 할 수는 없을 테니 말이다.

"그래, 그래. 철혈의 손자면 저 정도는 돼야지."

처음에는 분노했었다.

하지만 다행히도 그의 분노를 받아 줄 대상이 있었다.

이서하를 따라 나갔던 수호신장이 돌아온 것으로 보아 세 사람은 무사히 비고를 빠져나간 게 확실했다.

"다행이야. 저 흙덩이 손에 죽지 않아서."

직접 손을 봐줄 수 있을 것만 같다.

지금 당장 따라 나가 추풍을 뒤집어엎는 방법도 있으나 상대가 이서하인 것을 안 이상 섣불리 움직일 수는 없었다.

"사고사로 위장해야 하는데……."

천천히 준비하자.

이제 감정적으로 움직일 나이는 지나지 않았나.

상관을 죽였을 때는 젊은 나이의 패기로 그냥 목을 그었다.

그것을 본 부대원들이 달려들었고 쓸데없이 수십의 피를 더 흘렸다.

또 반복할 필요는 없다.

이서하는 사고사로 죽을 것이다.

그것도 천재(天災)와 같은 사고로.

"일단 여기 있는 걸 가지고 나가면 되는 건가?"

평생 놀고먹을 만한 돈을 벌었다.

다른 임무는 할 필요가 없을 것만 같다.

"하나의 임무만 집중할 수 있겠네."

천우진은 벽에 걸린 검 중 가장 그럴듯해 보이는 것을 몇 개 잡아 허리춤에 찬 뒤 말했다.

"배신의 대가는 클 거다. 이서하."

천우진은 살기를 띠며 비고 밖으로 걸어 나갔다.

◆ ◆ ◆

갑자기 오한이 든다.

비고 밖으로 무사히 빠져나온 우리는 쉬지 않고 추풍을 빠져나왔다.

천우진이 살아 나올 수도 있었기에 조금도 지체할 수 없었다.

그렇게 온종일 쉬지 않고 달리고 나서야 우리는 잠시 휴식을 취할 수 있었다.

숲으로 들어온 상혁이는 나무에 기대앉으며 말했다.

"더는 못 달려. 이제 못 따라오겠지?"

"모르지. 홍의선인은 추격의 달인이니 따라올 수도."

최대한 흔적을 지우며 왔지만 천우진이 마음만 먹으면 못 따라올 것도 없다.

"수호신장이 죽여 주기를 바라야겠지만……."

그 인간이 죽었을 거라는 생각은 안 든다.

그래도 내공은 상당히 소모했을 테니 그가 무리하게 추격해 오기보다 휴식을 선택했기를 바랄 뿐이다.

어느 정도 여유가 생기자 상혁이는 현철검을 제대로 휘둘러 보기 시작했다.

"근데 이거 검이 엄청 무겁네."

"현철이니까. 쌍검이면서 중검(重劍)이지. 제대로 사용하려면 시간이 좀 걸릴 거야."

외공 수준을 올리지 않으면 제대로 사용할 수도 없는 검이다.

그때 옆에서 가만히 보고 있던 아린이가 말했다.

"그런데 서하야. 저 천우진이라는 사람이 네 정체를 알았는데 괜찮아?"

"괜찮지 않지."

아린이의 표정이 굳었다.

"하지만 달라지는 건 없어. 어차피 천우진은 나를 죽이려고 안달이 나 있을 테니까."

이미 뒤통수를 후려쳐 버렸기에 내가 이서하든 아니든 천우진은 나를 최우선 목표로 설정할 것이다.

"그렇구나."

아린이는 가만히 생각하다 말했다.

"그럼 내가 지켜 줄게. 강해지면 되는 거잖아."

나는 미소를 지어 주었다.

"안 그래도 부탁하고 싶었어. 방학은 길지 않지만, 개학 때는 지금과는 또 다른 모습으로 보았으면 해. 둘 다."

이제 정말 얼마 남지 않았다.

1년 반 뒤에는 무과를 치러야 한다. 거기서 최대의 성적을 내 바로 중급, 아니 상급 무사가 되어야 선인이 될 수가 있다.

'지금까지 무과에서 바로 상급 무사 판정을 받은 사람은 단

한 명.'

나의 할아버지. 이강진뿐이다.

'나도 그 길을 따라야 한다.'

될 수 있다면 아린이, 그리고 상혁이도 그 길을 따라 줬으면 한다.

나는 두 사람을 바라보며 말했다.

"나보다 강해져서 와. 둘 다."

시간은 그 누구도 기다려 주지 않는다.

날아가는 시간에 올라타지 못하면 뒤떨어질 뿐.

이제 공청석유를 내 것으로 만들 시간이다.

수도에 도착한 우리 일행은 각자의 집으로 향했다.

상혁이는 은악으로 아린이는 화강으로 그리고 나는 홀로 청신산가로 돌아왔다.

품속에는 온갖 고생을 한 뒤 얻은 공청석유가 들어 있다.

'이제 이걸 내 거로 만드는 일만 남았구나.'

공청석유(空淸石乳).

만들고 싶다고 만들 수 없으며, 찾고 싶다고 찾을 수도 없는 최고의 영약이었다.

만년하수오는 내 능력이 부족한 탓에 영약의 효과를 온전

209

히 볼 수 없었으나 이번에는 다르다.

공청석유의 모든 기운을 흡수해 내 것으로 만드는 것이 목표였다.

"공청석유란 말이지?"

아버지는 내가 가져온 작은 약병을 살폈다.

한 방울을 모으는 데 몇백 년이나 걸리는 최고의 영약이 무려 손톱만큼이나 담겨 있었다.

"이거 진짜냐?"

"진짜일 겁니다. 추풍비고에서 찾아온 거니까요."

"진짜라면 다 마시는 건 위험하겠다."

공청석유를 실제로 본 사람은 없지만, 역사서에는 정확히 기록되어 있다.

무공을 배우지 않은 이들은 한 방울만 먹어도 그 강력한 기운에 기혈이 뒤틀려 죽어 버린다.

누군가에게는 인생을 바꿀 영약이 누군가에게는 치명적인 독약이 될 수도 있다.

"흐음. 공청석유라. 하하하, 이거 부럽구먼."

옆에서 지켜보던 할아버지는 진심으로 부러워하는 것만 같았다.

나는 재빨리 말했다.

"전부 제가 마실 겁니다."

"아무렴. 이 할애비가 설마 손자의 것을 빼앗겠느냐? 그리고 나는 이미 공청석유를 복용한 적이 있다."

진짜?

하긴, 아무리 할아버지가 재능이 충만하고 성실히 수련했다고 하더라도 명실상부 최강이 되는 데는 영약도 필요했을 것이다.

"공청석유는 몸 전체를 정화하는 효능도 있다. 탁한 기운을 몰아내 내공 증진 속도도 올려 주지. 하지만 엄청나게 괴로울 것이다."

"네, 그래서 부탁이 하나 있습니다. 공청석유를 온전히 제 것으로 만들려면 그 누구의 방해도 받지 않을 수 있는 공간이 필요합니다. 할아버지가 폐관 수련하는 곳이 있다고 들었습니다. 그곳을 제가 사용해도 되겠습니까?"

"물론이지."

할아버지가 폐관 수련하는 곳은 그 누구도 정확한 위치를 알지 못했다.

알려진 것이라고는 청신산가 안에 있다는 것뿐.

나는 할아버지의 뒤를 따랐다.

안채 안쪽으로 나 있는 지하.

할아버지의 폐관 수련 장소는 생각보다도 넓고 아늑했다. 살벌한 무게의 쇳덩이들이 있었지만 그건 무시하도록 하자.

"적당히 자리를 잡고 앉거라."

"네."

"경험자로서 몇 가지 주의사항을 알려 주마. 공청석유는 자연 속 가장 진하고 순수한 기를 담은 석유다. 그렇기에 더러운 것들을 정화하고 너의 몸을 가장 이상적인 형태로 만들어 줄 것이다. 그 정도 양이라면 자연과 하나가 될 수도 있겠지. 그렇게 되면 가만히 숨만 쉬어도 내공이 쌓이는 체질로 변할 거다."

공청석유는 한 방울만으로도 몸의 독을 전부 정화했다.

자연에서 가장 순수한 기가 응축되어 한 방울의 석유가 된 것이었으니 말이다.

"알고 있습니다."

"하지만 애초에 인간의 몸은 자연과 하나가 될 수 없다. 모든 것이 녹아내리는 기분일 거다. 고작 두세 방울 먹은 나도 그러했다."

할아버지는 오랜만에 미소 하나 없는 얼굴로 말했다.

"단순히 강해지고 싶다는 생각으로 이걸 마시는 거라면 포기해라. 미쳐 버릴 것이다."

"걱정하지 마십시오."

단순히 새 삶을, 강자로 사는 삶을 살고 싶다고 생각했다면 회귀하지도 않았을 것이다.

"전 책임져야 할 것이 많으니 절대 미치지 않을 겁니다."

"그래, 그럼 마시거라."

할아버지는 긴말하지 않았다.

나는 공청석유를 단숨에 들이켠 뒤 운기조식을 시작했다.

그와 동시에 온몸이 쪼그라드는 고통이 몰려왔다.

내가 마신 공청석유는 최소 10방울.

아니, 20방울은 되는 양이었다.

불에 타는 고통과 동상에 사지가 뜯겨져 나가는 고통이 동시에 나를 덮쳤다.

피가 전부 증발하고 심장이 수천 번은 박동하는 것만 같았다.

시간이 느려지고 고통은 영원할 것만 같다.

비명을 지르고 싶었으나 목소리조차 나오지 않았다.

내면의 지옥에서 나는 그렇게 발버둥 쳤다.

그러나 나는 정신을 다잡았다.

'이건 별것도 아니다.'

눈앞에서 사랑하는 사람이 겁탈당하며 죽어 갈 때에 비하면 아무렇지 않다.

동료들이 전부 죽은 날, 무기력한 자신을 탓하며 홀로 동굴 속에서 쪽잠을 잘 때와 비교하면 육신의 고통 따윈 대수롭지 않다.

'나는 다시 태어나야 한다.'

공청석유여, 나를 죽여라.

나약했던 과거의 나를 죽이고 새로운 나를 만들어 달라.

그래야만 내가 짊어진 책임을 다할 수 있다.

나는 그렇게 오늘을 껴안고 발버둥 치며 더 나은 내일을 바라고 있었다.

◆ ◆ ◆

은악에 살짝 들려 며칠을 보낸 상혁은 바로 화강으로 향했다.

아린이에게 편지가 왔기 때문이다.

내용은 간단했다.

-화강으로 와. 강해질 방법을 찾았어.

일단 똑똑한 아린이의 말을 들어 나쁠 것이 없다고 생각한 상혁은 바로 움직였다.

주은희도 화강에서 살고 있었기에 가지 않을 이유가 없다.

화강에 도착한 상혁은 언제나처럼 주은희를 찾았다.

저 멀리 주은희를 발견한 상혁은 바로 손을 흔들며 달려갔다.

"누나!"

누군가와 즐겁게 대화를 나누고 있는 주은희.

상혁은 살짝 발걸음을 멈추며 누군지를 확인했다.

정도윤이었다.

"정말요? 상혁 도련님이 그렇게 강해요?"

"그렇더라고요. 서하 도련님과도 여전히 친하십니다."

"그거 다행이네요."

"누나."

상혁은 조심스럽게 두 사람 사이에 끼어든 뒤 정도윤을 힐 끗 보았다.

정도윤은 살짝 고개를 숙인 뒤 말했다.

"그럼 저는 이만."

정도윤이 사라지고 상혁은 도끼눈을 뜨고는 말했다.

"정도윤이라고 했었나? 저분. 언제부터 그렇게 친했어?"

"나 여기 처음 왔을 때도 안내해 주신 분인데?"

주은희는 씩 웃더니 팔꿈치로 상혁의 가슴을 쳤다.

"근데 오랜만이다. 키도 많이 컸고. 점점 남자다워지는데?"

"조금만 더 있으면 무과도 볼 수 있는데 당연히 남자다워 지지. 근데 저 정도윤이라는 분 말이야. 누나한테 수작 거는 거 아니야?"

"수작이라니? 도윤 씨는 그냥 친절하실 뿐이야."

"남자들은 다 늑대야. 누나도 조심해."

"에이, 나같이 아무것도 없는 여자를 수비대장이나 되시는 분이 왜? 네가 생각하는 것만큼 네 누나 매력 없어."

"선인 아니면 허락 안 할 거니까. 알았어?"

"알았어. 알았어. 네 허락 받고 결혼할 거니까 걱정하지 마."

그때 아린이가 상혁을 발견하고는 말했다.

"너 거기서 뭐 해? 도착했으면 바로 오지?"

"아, 누나랑 대화 좀 하느라고."

상혁은 바로 아린에게 향해 물었다.

"그런데 각자 수련하기로 한 거 아니었어?"

"혼자 수련해서 서하 따라잡을 수 있겠어? 아니, 서하를 지 킬 수 있겠어?"

"……."

상혁은 바로 대답할 수 없었다.

아버지가 남겨 준 비급을 따라 수련한 뒤 그의 실력은 기하 급수적으로 늘었다.

하지만 아직 멀었다.

추풍비고에서도 상혁은 가장 안전하고, 쉬운 역할을 맡았 다.

아린이는 목숨을 걸고 돌입했고 서하는 수호신장의 팔까 지 자르며 틈을 만들어 주었다.

이 세 명 중 상혁은 가장 약하다.

지금은 말이다.

그렇기에 아린의 편지를 받자마자 바로 화강으로 온 것이 었다.

"그래서 강해질 방법은 뭔데?"

"서하와 우리가 다른 점이 뭐라고 생각해?"

"실력?"

"아니야. 실력은 크게 차이 나지 않아. 물론 서하가 극양신공으로 일순간 강한 힘을 내긴 하지만 기본 실력은 네가 더 좋을 거야. 하지만 서하가 더 강해 보이지. 왜일까?"

"글쎄다. 빙빙 돌리지 말고 말해 봐."

"경험이야."

상혁은 무언가를 깨달은 듯 고개를 끄덕였다.

"경험. 그래. 맞아. 경험."

서하는 언제나 침착하고 당당했다.

그것은 경험 없이는 나올 수 없는 모습이었다.

아린은 말을 이어 갔다.

"서하가 어디서 그런 경험을 했는지는 모르지만 적어도 전투에 있어서는 서하의 경험을 따라가야 해. 그 어떤 상황에서도 서하가 원하는 대로 움직일 수 있도록."

"그래서 원정대라도 들어가자고? 우린 들어갈 수 없을 텐데."

"원정대는 못 들어가겠지. 실력도 경험도 없으니까. 그러니까 우리 둘이 해야 해."

"둘이?"

"대련하자. 방학 끝날 때까지 목숨 건 대련을 하루에 10번이고 20번이고 하는 거야."

상혁은 인상을 찌푸렸다.

대련은 물론 좋은 수련 방법이었다.

전투 경험을 쌓을 수 있으니 말이다.

하지만 목검으로 하는 대련은 긴장감이 떨어질 수밖에 없었다.

실전과 훈련은 다르다.

아무리 실전과도 같이 훈련한다고 하더라도 훈련은 훈련일 뿐.

경험이라고 할 수 없다.

하지만 목숨을 건다면 다르다.

상혁은 잠시 고민하다 말했다.

"……그러다 네가 다치면 어쩌려고?"

권법가인 아린이와 검사인 상혁은 위험도가 다르다.

권법가에게 잘못 맞으면 뼈가 부러지고 끝이지만 검에 잘못 맞으면 사지를 잃을 수도 있다.

아린은 살짝 한숨을 쉰 뒤 말했다.

"잘 봐."

아린은 음기를 뿜어내며 주변에 떨어져 있던 수련용 단검을 가져온 뒤 자신의 가슴을 찔렀다.

심장에 박힐 정도로 강하게 찔러 넣었으나 오히려 단검의 이가 나갈 뿐이었다.

아린은 단검을 집어 던지며 말했다.

"귀혼갑이야. 상체는 원 없이 공격해도 돼. 그리고 정 위험해지면 아버지가 끼어들어 주기로 했어."

"아버지?"

"응."

아린이 시선을 돌린 곳에는 유현성이 굳은 얼굴로 서 있었다.

흑의선인인 유현성이 바로 옆에서 지켜보다 조금이라도 한쪽이 위험해지면 끼어들어 말리는 것이었다.

"……나는 위험하지 않을까?"

아린이만 신경 쓸 거 같은 이유는 왜일까?

상혁의 생각을 읽은 유현성은 미소와 함께 말했다.

"걱정하지 마라. 우리 사위 친구라며? 내가 책임지고 구해 주마. 그리고 아린이한테 맞는다고 그렇게 아프지 않아. 하하하!"

"……엄청 아픈데요."

"맞아 봤니?"

"맞는 걸 봤죠."

"그럼 모르는 거네. 안 아파. 안 아파. 저 가녀린 팔로 때려 봤자 얼마나 아프다고."

유현성은 살짝 물러나며 말했다.

"그럼 한번 해 보자꾸나. 연무장으로 가자."

연무장으로 이동한 아린과 상혁은 바로 대련을 시작했다.

현철쌍검을 든 상혁과 귀혼갑을 입은 아린은 서로를 노려보다 유현성의 신호에 맞춰 돌진했다.

"시작!"

대련을 시작하기는 했으나 상혁은 쉽게 살기를 담아 공격하지 못했다.

'혹시 다치기라도 하면…….'

아린이네 아버지가 제때 말리지 못해 아린이가 다치기라도 한다면 서하에게 할 말이 없다.

그런 잡생각을 할 때 아린이가 돌진해 오며 말했다.

"너……."

아린의 몸에서 살기가 피어올랐고 상혁은 화들짝 놀라며 뒤로 빠졌다.

그러나 이미 늦었다.

"그러다 죽는다."

아린은 망설임 없이 주먹을 뻗었고 그 순간 유현성이 달려나와 상혁을 밀쳐 내고 공격을 대신 막아 주었다.

꼴사납게 날아간 상혁은 몇 번을 구른 뒤에야 자세를 고쳐 잡을 수 있었다.

차라리 그냥 맞는 게 나을 수도 있었겠다는 생각이 들 정도다.

유현성은 실망한 듯 상혁을 바라보며 말했다.

"아린아. 이 친구 강한 거 맞니?"

"네, 강한 친구예요."

나찰화를 한 아린이보다는 약하다.

하지만 상혁이의 창의력 하나는 아린도 인정할 수밖에 없었다.

나찰화의 힘을 적당히 조절한다면 상혁은 가장 좋은 연습 상대다.

아린은 어벙한 얼굴로 쓰러진 상혁을 힐끗 보고는 차갑게 말했다.

"좀 멍청한 것만 빼면. 너 제대로 안 할 거면 돌아가. 시간 낭비할 수 없어. 지금 이 시간에도 서하는 더 강해지고 있을 테니까."

"그럴 수는 없지."

상혁은 그제야 아린 또한 필사적이라는 것을 알아차렸다.

그녀는 어떻게든 서하가 싸우고 있는 전장으로 가기 위해 목숨까지 걸고 있다.

맨손과 검.

그것도 천하의 명검이라고 불리는 검을 마주하고 있는 아린이가 얼마나 큰 각오를 했는지 진작에 알아차렸어야만 한다.

"후우, 미안하다. 한 번만 더 해 보자."

"마지막이야. 똑바로 해."

아린이는 멀찌감치 떨어져 다시 자세를 잡았고 상혁 또한 마음을 다잡으며 자세를 잡았다.

유현성은 한 발짝 물러난 뒤 외쳤다.

"시작!"

아린의 몸에서 살기가 뿜어져 나오고 그와 동시에 상혁 역시 표정을 굳혔다.

살기가 부딪히고 두 사람은 마치 철천지원수처럼 서로를 향해 살초를 날렸다.

이윽고 아린의 주먹이 상혁의 턱을 가격하려는 순간 유현성이 끼어들었다.

"여기까지!"

상혁이 날아가고 아린의 주먹은 유현성의 손에 막혔다.

거친 숨을 내쉬던 두 사람은 서로 말도 없이 자리로 돌아가 다시 자세를 잡았다.

유현성은 표정 하나 바꾸지 않고 죽일 듯 싸우는 딸과 상혁을 바라보다 생각했다.

'친구 따라간다더니……'

유아린과 한상혁은 점점 이서하를 닮아 가고 있었다.

무엇을 하든 목숨 걸고 하던 그 아이를 말이다.

'그래, 이렇게 된 거 정상까지 가라. 아린아.'

그래야만 살 수 있으니까.

부동심법으로 제정신을 유지하는 것만으로도 딸이 기특했으나 유현성은 아직도 미래를 걱정하고 있었다.

언젠가 음기가 아린이의 정신을 지배할 것이다.

인간의 몸으로는 버틸 수 없는 음기가 모든 것을 파괴할 것이다.

그러니 이서하를 따라 정상까지 가야 한다.

살고 싶다면 유아린은 인간을 초월해야만 한다.

모두에게 중요한 2학년의 여름방학은 그렇게 지나가고 있었다.

Chapter 25.

라 복용한 지 얼마나 지났을까?

공청석유를 복용한 지 얼마나 지났을까?

한 시진은 지났을까?

하루가 지났을까?

적응되지 않는 고통은 시간의 흐름을 망각하게 했다.

한 시진이 하루와 같았고, 하루가 한 달과도 같다.

사람들이 왜 공청석유를 복용하다 죽거나 미치는지를 알
것만 같았다.

불 속에 몸을 넣으면 이런 느낌일까?

누군가 사지를 잘랐다 다시 붙이고 자르기를 반복하는 것
만 같다.

열상, 자상, 절상. 교상, 화상.

회귀 전 경험해 보았던 모든 고통이 한 번에 몰려들어 정신을 짓밟는다.

하지만 한평생 지속된 것만 같은 고통 또한 지나갔다.

고통의 끝에는 평온이 찾아왔다.

몸이 전부 정화된 것이다.

그 이후로는 공청석유의 기를 받아들이기 위해 운기조식을 할 것도 없었다.

자연과 하나가 된 나의 몸은 공청석유를 완전히 흡수할 수 있었다.

수십 년 치의 내공은 물론 자연 속의 순수한 기가 내 몸으로 흘러들어 오는 것까지 느껴졌다.

평생 느껴 보지 못한 평온함과 함께 나는 눈을 떴다.

물방울 떨어지는 소리 말고는 들리지 않는다.

나는 가볍게 일어나 기지개를 켰다.

오랜 시간 앉아 있어 관절에 무리가 갈 만한데도 오히려 전보다 몸 상태가 더 좋았다.

'좀 씻자.'

구석의 물가로 향한 나는 얼굴을 닦았다.

뭔가 전과는 다른 느낌이 들었다.

"뭐야?"

세수를 했을 뿐인데 정신이 드는 기분이었다.

아니, 찬물로 세수를 하면 정신이 드는 건 당연하지만 뭔가 느낌이 다르다.

물에 담겨 있던 기가 피부를 통해 안으로 들어오는 느낌이다.

"이거 잘만 하면……."

이 세상의 모든 기를 사용할 수 있는 것이 아닐까?

자연 속의 순수한 기운을 자연스럽게 받아들일 수 있다면 나의 내공은 갑자 같은 단위로 셀 수 없을 정도가 된다.

'공청석유의 힘이 이 정도인가?'

정확히 말하면 공청석유 한 잔의 힘이다.

이 세상에 공청석유 한 잔을 마신 사람이 어디 있을까?

"후우."

천천히 내 새로운 몸에 대해 알아 가자.

그때 누군가가 철문을 열고 안으로 들어왔다.

아버지였다.

아버지는 일어난 나를 보고는 놀란 듯 눈을 동그랗게 뜨더니 이내 달려오셨다.

"서하야! 일어났구나!"

"네, 전부 제 것으로 만들었습니다! 이제 누구도 부럽지 않은 내공을……."

한창 자랑할 때 아버지가 바로 나를 껴안았다.

그리고는 떨리는 목소리로 말했다.

229

"다행이다. 다행이야. 어디 다친 곳은 없느냐?"

순간 내가 먼저 해야 했던 말이 틀렸다는 것을 깨달았다.

괜찮다고 먼저 말했어야 하는구나.

나는 아버지의 등을 토닥이며 천장을 올려 보았다.

"멀쩡합니다. 오히려 더 좋아요."

"그래, 잘했다."

뒤늦게 들어온 할아버지는 복잡한 미소로 나와 아버지를
바라봤다.

아니, 아버지를 바라보는 것만 같다.

그리고는 나와 눈을 마주치시고는 말했다.

"잘했다."

그렇게 또 하나의 중요했던 방학이 지나갔다.

성무학관.

방학이 거의 끝나 감에 따라 강무성은 수확제, 그리고 성무
대전을 준비해야만 했다.

"아, 또 이게 돌아왔구나."

괜히 이서하가 졸업할 때까지 교관으로 남겠다고 해서 고
생이다.

게다가 이번 대전은 황금세대와 3학년의 대결로 벌써 관심

이 컸다.

'전하가 기대하고 있다고 직접 말할 정도니 말 다 했지.'

신유철 국왕이 직접 이번 성무대전이 기대된다고 말한 만큼 전국에서 사람들이 모일 것이 분명했다.

규모도 더 커졌고 준비할 것도 많다.

그리고 그 모든 걸 강무성이 책임지고 준비해야 했다.

물론 부하들이 움직이겠지만 국왕 전하가 관심이 있는 대회를 준비한다는 건 정신적으로 피곤한 일이다.

강무성의 한숨이 깊어질 때 누군가 그의 사무실에 들어왔다.

"무성! 무성! 뭐 해?"

최효정이었다.

원정에 나갔다 돌아온 최효정은 옷만 갈아입고 바로 강무성의 사무실로 찾아갔다.

"성무대전 준비 중이야. 귀빈들 식사라든가, 대진이라든가, 또 여러 공연도 준비해야 하고. 할 게 많네."

"그래도 저녁은 먹을 수 있을 거 아니야."

"응. 저녁은 먹을 수 있지."

"그럼 같이 먹자. 나 이번에 원정 가기 전에 꼭 먹고 싶은 게 있었거든. 그런데 같이 갈 사람이 없더라고."

"원정대원들 있잖아. 부하들은 어디 두고?"

"새로 사귄 애들이라 별로 안 친해. 그리고 내가 대장도 아니고."

친한 원정대원을 잃은 최효정은 그 뒤로 다른 홍의선인의
밑으로 들어갔다.

강무성은 고개를 끄덕이며 말을 이어 갔다.

"이건하도 있지 않아? 수비대에 있을 텐데."

"걘 바쁘잖아."

"나도 오늘은 좀 바쁜데."

"아! 그럼 안 먹을 거야, 뭐야? 말이 많아. 남자가. 먹을 거
면 먹고 안 먹을 거면 말해. 혼자 가게."

"알았어. 금방 끝내고 갈게. 조금만 기다려 줄래?"

"그거야 어렵지 않지."

최효정은 자리에 앉은 뒤 자기는 거들떠도 안 보고 일에 집
중하는 강무성을 쳐다봤다.

'쳐다도 안 봐? 지금 내가 입은 옷을 보고도?'

원정에 갔던 지역에서 예쁜 옷을 발견한 최효정은 바로 사
입었다.

밝은 흰색의 저고리에 분홍빛이 살짝 섞인 짧은 치마.

여름의 끝자락에 어울리는 꽃무늬가 수놓아진 옷이었다.

'쯧, 뭐야? 고백도 해 놓고.'

비록 본인은 고백했다고 생각하지 않는 것 같지만 말이다.

'먼저 고백하는 건 자존심 상하는데.'

최효정이 먼저 고백해 버리면 바로 연인 사이가 될 수 있겠

지만 그러고 싶지 않다.

'뒤집혀 버리잖아.'

강무성이 먼저 고백했다는 사실이 사라지고 최효정이 먼저 고백한 것이 되는 셈이었으니 절대로 먼저 입을 열 수는 없다.

"멍청이."

약 반 시진이 지나고 강무성은 일을 마무리한 뒤 자리에서 일어났다.

"옷만 갈아입고 올게."

"응. 앞에서 기다릴게. 빨리 와."

강무성과 최효정은 성무학관 밖의 음식점으로 향했다.

최효정은 이것저것 시킨 뒤 멍하니 앉아 있는 강무성을 바라보다 미소를 지었다.

장난기가 발동했다.

"근데 무성아. 너 좋아하는 여자 있어?"

"······있어."

"누군데?"

강무성은 고개를 들어 최효정을 힐끗 보고는 살짝 떨리는 목소리로 말했다.

"몰라도 돼."

"에이, 에이. 우리 사이에 그런 거 말해도 되잖아. 너랑 나랑 성무학관에서부터 10년이다. 어때? 예뻐?"

"응, 예뻐."

"나보다?"

"……글쎄."

최효정은 피식 웃었다.

좋아하는 여자가 다른 사람이라면 당연히 더 예쁘다고 해야 할 거 아닌가.

어떻게 저렇게 속이 보이냐?

사실 예전에도 속은 보였다.

단지 외면했을 뿐.

"우리 무성이 왜 이렇게 귀엽냐?"

"귀엽다고? 나 선인이야. 애들이 나를 얼마나 무서워하는데."

"그래도 나한테는 귀여운걸."

강무성은 얼굴을 붉히다 화제를 돌렸다.

"그런데 2차 북대우림 원정. 참가할 거야?"

2차 북대우림 원정 이야기에 최효정의 표정이 굳었다.

원정에서 죽었던 동료들이 생각난 것이다.

보통 무사들이라면 충격으로 은퇴까지 생각했겠지만 최효정은 복수의 칼날을 갈았다.

북대우림의 나찰을 전부 죽이겠다고 말이다.

그녀는 사뭇 진지하게 말했다.

"가야지. 아직 일이 다 안 끝났는데."

"가는구나."

강무성은 최효정을 말리지 않았다.

위험하다는 것은 알고 있다.

하지만 선인이 전장으로 가겠다는 데 말리는 것도 웃긴 일
이다.

강무성은 잠시 생각하다 말했다.

"만약 가게 된다면 이건하랑 붙어 있어. 그 녀석 뭔가를 아
는 것만 같은……."

그 순간 최효정이 강무성을 노려보았다.

왜 계속 이건하를 말하는 건지 모르겠다.

이제 상관도 없는 그 인간을 말이다.

"건하 얘기 그만해. 지금 너랑 밥 먹으러 왔잖아."

"아니, 그게 아니라……."

이건하는 이서하만큼이나 빠르게 북대우림 사건을 눈치채
고 달려왔다.

그게 이상하다.

생각하면 할수록 이상하다.

어떻게 알고 그렇게 빨리 왔을까?

단순한 우연일까?

"됐어. 밥이나 먹어."

최효정이 고개를 숙이는 그 순간이었다.

"오! 선인님."

누군가가 반갑게 강무성의 어깨를 쳤고 강무성은 고개를
돌렸다.

이서하였다.

강무성은 반갑게 말했다.

"이서하. 벌써 온 거야?"

"다음 학기도 준비할 겸 미리 왔습니다. 아! 그리고……."

서하는 강무성의 귀에 대고 작게 속삭였다.

"제발 삽질 좀 하지 마세요. 이 연애 고자야. 지금부터 맞장
구만 칩니다. 알았습니까?"

"……."

강무성이 당황한 얼굴로 올려 보자 서하는 밝게 웃으며 손
을 흔들었다.

"하하하! 그럼 맛있는 식사 하세요."

서하가 사라지고 강무성은 헛기침을 하며 최효정을 바라
봤다.

'이제 말을 안 걸어 주는데 어떻게 맞장구를 치지?'

여전히 연애 고자인 강무성이었다.

◆ ◈ ◆

강무성을 발견한 것은 우연이었다.

며칠 일찍 수도로 온 나는 전가은에게 천우진을 찾아 달라

고 부탁했다.

이미 수도에 들어와 있다면 특별히 조심해야 하기 때문이다.

아린이와 상혁이가 오기 전에 천우진의 행방을 파악해 놓아야 움직이기 편하다.

그러던 중 음식점으로 들어가는 최효정과 강무성을 발견하고는 따라온 것이었다.

'오, 그래도 단둘이 저녁 식사라니. 꽤 잘되나 본데?'

아무리 강무성이 연애 고자라도 저 정도는 하는구나.

그렇게 생각할 때였다.

"만약 가게 된다면 이건하랑 붙어 있어."

저기서 왜 이건하가 나오는지 모르겠다.

최효정의 반응이 생각 외로 격했지만 건하 얘기 그만하라는 말로 미루어 보아 여기 오기 전에도 꽤 얘기했었나 보다.

'잘되긴 개뿔.'

저 연애 고자는 답이 없다.

나는 바로 강무성에게 가서 말했다.

"제발 삽질 좀 하지 마세요. 이 연애 고자야. 지금부터 맞장구만 칩니다. 알았습니까?"

그가 당황한 얼굴로 올려 보았으나 나는 빠르게 퇴장해 주었다.

그렇게 멀리서 대화 없이 식사하는 두 사람을 보자니 내가 다 체할 것만 같다.

"망했네. 망했어."

식사가 끝나고 최효정은 바로 자기 집으로 돌아갔고 나는 강무성의 뒤를 따라가 말했다.

"아주 멋있게 조지시던데요."

"내가 뭘 실수한 거냐?"

"저도 정확한 대화는 못 들었지만, 실수를 했으니 그 좋던 분위기가 완전히 망했겠죠."

"별말 안 했는데."

"그러니까 무조건 맞장구만 쳐 주세요. 말은 나중에 연인이 된 뒤 해도 늦지 않습니다."

적어도 최효정은 강무성에게 호감이 있는 게 확실하니 말이다.

'그래, 강무성이도 고작 26이지.'

이제 26인가?

어리다. 어려.

"그런데 나한테 또 부탁할 거 있는 거 아니야? 너 아니면 혼자 수련하느라 바빠서 나 보지도 않잖아."

"에이, 제가 언제 그랬습니까? 그렇게 말씀하시면 제가 필요할 때만 찾는 파렴치한같이 들리지 않습니까?"

"파렴치한 맞아. 너 때문에 내가 편법만 몇 번을 사용했는지 모른다."

"그럼 한 번 더 사용해 주실 수 있겠네요."

"……그래서 원하는 게 뭔데?"

나는 빙긋 웃으며 말했다.

"같이 2차 원정 가시죠. 최효정 선인님도 껴서."

"……."

강무성은 나를 가만히 노려보다 고개를 절레절레 흔들며 앞으로 걸어 나갔다.

"참나. 내가 진짜 지 쫄따구인 줄 아나."

"에이, 선인님. 같이 가시죠. 저 선인님이랑 같이해야 할 게 있단 말입니다."

"아, 몰라. 몰라!"

나는 도망가는 강무성을 따라 성무학관으로 향했다.

결국 그는 나의 부탁을 들어줄 것이다.

언제나 그랬듯이.

2학기.

내 인생의 한 획이 그어질 학기가 시작되었다.

2차 북대우림 원정.

이는 가을 추수가 끝난 뒤 바로 시작된다.

수확제 직후라는 뜻이다.

겨울은 원정을 떠나기 그리 좋은 계절이 아니지만, 속전속

결로 전초 기지만 세운다면 문제가 없다는 판단이었다.

강무성과 주점으로 간 나는 대화를 이어 나갔다.

"제 평가는 어떻습니까? 북대우림 원정에 들어갈 수 있겠습니까?"

"솔직히 반반이다. 실력은 입증했으니 학생이라도 못 갈 건 없겠지만 아무래도 위험한 임무인 만큼 위에서는 꺼릴 거야. 혹시라도 너에게 문제가 생기면 책임을 져야 하니까."

원정대에서 아무리 활약했다 하더라도 북대우림 원정은 차원이 다른 이야기였다.

"그래도 원래는 절대 불가능한 일이었어. 아무리 내가 힘을 써도 난 고작 백의선인이야. 대장군들이 결정하는 일을 내가 어떻게 할 수는 없으니까."

"하지만 성무대전에서 우승하고 직접 왕에게 간청하면 어떻겠습니까?"

강무성은 나를 이상한 놈 보듯 쳐다보았다.

"성무대전 우승 특전을 그런 데 쓰겠다고?"

"그런 데가 아닙니다. 전 무조건 2차 원정에 참여해야만 하니까요."

"만약 그렇게만 한다면 너희 할아버지의 동의하에 허락할 가능성이 높지. 전하는 그런 분이시니까."

나도 그렇게 생각한다.

보여 준 것도 있고, 기록도 있다.

아마 내 평가도 올라갈 것이다.

소원으로 자신을 희생하는 사람은 없을 테니까.

적어도 내 밑 세대는 나를 존경하게 될 것이다.

원래 영웅은 그렇게 만들어진다.

남이 하지 않는 행동을 하고 성공시키면서.

"하지만 우승할 수 있겠어? 3학년들을 무시하지 마. 다들 너만큼 천재 소리 들으며 커 온 아이들이야."

"제가 얼마나 바뀌었는지 선인님은 모를 겁니다."

"박민아는 물론이고 3학년에는 2년 연속으로 성무대전을 우승한 김지환도 있지. 네가 사용하는 그 황금빛……."

"극양신공입니다."

"그래, 그걸 사용하지 않으면 쉽지 않을 거다. 다들 지금 당장 중급 무사가 된다고 해도 꽤 강한 축에 속할 아이들이니까."

10대 때는 하루가 다르게 성장한다.

작년의 박민아와 올해의 박민아가 다를 것이기에 성무대전 우승자 또한 그럴 것으로 예측할 수 있다.

하지만 나만 하겠는가.

공청석유를 복용하고 돌아온 나보다 강해질 수는 없다.

"괜찮습니다. 이번에는 우승할 생각이니까요."

아마도 내 가장 강력한 경쟁자는 세 명이다.

3학년 최강이라고 불리는 김지환.

그에게 져서 4강에서 탈락했지만 사실상 두 번째로 강하다는 박민아.

그리고 상혁이다.

사실상 4강은 이렇게 넷으로 결정된다고 볼 수 있었다.

다른 이들도 도전은 해 올 수 있지만 이미 벌어진 실력 차이를 극복할 만한 인재는 없다.

어쨌든 이번 목표는 우승이다.

저번처럼 상혁이를 우승시키기 위해 머리를 굴릴 필요가 없다는 점에서 더 쉬울 수 있다.

그래도 기왕 이렇게 된 거 결승에서 상혁이를 만나는 것이 더 극적이고 좋을 것이다.

"만약 대진표를 만들 수 있으시면 저랑 상혁이는……."

"결승에서 만나게 해 달라는 거지? 일단 그렇게는 해 주마. 둘 다 박민아랑 김지환을 이겨야겠지만."

나는 빙긋 웃으며 자리에서 일어났다.

"그럼 그렇게 알고 저는 이만 가 보겠습니다. 아! 그리고 삽질만 하지 마세요. 최효정 선인님이 당신한테 관심이 있는 거 같으니까."

"나 같은 거한테 관심이 있을 리가 없잖아."

"그렇게 찌질하면 오는 여자도 못 잡습니다."

"뭐? 지금 찌질하다고 했냐?"

"다른 단어로는 표현이 불가능해서."

"이 자식이⋯⋯."

한 대 맞기 전에 얼른 도망쳐야겠다.

◆　◈　◆

성무학관에 복귀한 김지환은 휘파람을 불며 짐을 정리했다.

성도(成都) 김 씨의 김지환.

암부의 본거지가 있는 성도 김 씨의 적자이며 졸업반 최고의 재능으로 인정받는 남자였다.

방 정리를 마친 그는 바로 연무장으로 향했다.

"지환아. 일찍 왔네?"

동기 중 한 명이 김지환을 발견하고는 인사했고 그는 사람 좋은 미소를 보여 주고는 말했다.

"오랜만이네. 선물은 잘 전해 드렸어?"

"물론이지. 아버지가 너에게 감사하다고 전해 달라고 하셨어."

"몸 좀 챙기셔야지. 연세도 있으신데."

김지환에 대한 동기들의 평가는 매우 좋았다.

잘생긴 외모에 훤칠한 키. 거기에 실력과 인품까지 완벽하다는 평가.

김지환은 슬쩍 고개를 돌려 박민아를 바라봤다.

개학 하루 전에 도착한 박민아 역시 구석에서 언월도를 휘두르고 있었다.

그런 그녀를 향해 김지환이 다가가 말했다.

"이번에도 성무대전에 참가하려고?"

박민아는 슬쩍 김지환을 쳐다본 뒤 시선을 돌렸다.

김지환이 유일하게 친해지지 못한 여자.

그것이 박민아였다.

아무리 먼저 말을 걸고 선물을 주고 신경을 써 주어도 박민아는 무표정하게 모든 것을 무시할 뿐이었다.

그렇게 한참 대답이 없자 김지환은 주변을 살펴본 뒤 말했다.

"그냥 기권하지. 어차피 또 털리고 망신만 당할 텐데."

그제야 박민아는 피식 웃으며 김지환을 바라봤다.

"왜? 무서워?"

"아니. 전혀."

"왜? 저번에는 양아치들 시켜서 습격해 왔었잖아. 이번에도 그러려고?"

"네가 재수 없어서 그런 놈들과 엮인 걸 왜 나한테 그러시나? 그래, 뭐 참가하려면 해. 이번에도 재수 없게 양아치들한테 걸리지 말고."

작년 성무대전.

4강을 앞둔 박민아는 경기 전날 습격당했었다.

큰 부상을 입은 건 아니었으나 상당한 내공을 소모할 수밖에 없었고 하루 만에 회복하지 못한 박민아는 결국 4강에서 김지환에게 패배했다.

증거는 없지만 박민아는 모든 것이 김지환의 소행이라 확신했었다.

저놈의 가식적인 웃음을 볼 때마다 얼마나 역겨운지 속이 울렁거릴 지경이다.

박민아는 의기양양하게 몸을 돌려 멀어지는 김지환을 향해 외쳤다.

"이번에는 나만 신경 쓰면 안 될걸? 너 작년 1학년 애들 결승전 못 봤잖아."

"아, 엄청나다고는 하더라고."

"별로 걱정 안 되나 보네?"

"그래 봤자 우리보다 어리잖아. 걱정할 거 없지."

10대 시절 1년 차이는 재능과 노력으로 메꾸기 힘든 차이를 보인다.

하지만 박민아는 피식 웃으며 말했다.

"해야 할걸? 난 결승 봤거든. 고작 네 실력으로 3년 연속으로 우승하고 싶으면 꽤 열심히 해야 할 거야."

"지환아! 밥 먹으러 가자!"

저 멀리서 한 여학생이 김지환을 불렀고 그는 환하게 웃으며 말했다.

"응! 금방 갈게. 먼저 가 있어."

그리고는 표정을 굳혔다.

'……이서하라는 놈이 꽤 주목을 받긴 했지.'

김지환은 언제나 최고가 되고 싶었다.

그러기 위해 중요한 것은 뭘까?

김지환이 생각하는 최고가 되기 위해 가장 중요한 것은 타인의 인정이었다.

아무리 최강의 고수가 된다고 하더라도 은둔 고수가 된다면 그 누구도 그의 업적을 기록할 수 없을 것이다.

기록이 없다면 누구도 인정하지 않을 것이다.

그렇다면 무슨 방법을 쌓아서라도 기록을 만들어야 한다.

김지환이 노리는 기록은 바로 성무대전 3년 연속 우승.

지금까지 성무대전을 2회 우승한 생도들은 많았다.

1학년 때 우승을 하고, 3학년 때 다시 우승하는 것이다.

그러나 3년 연속은 쉽지 않다.

2학년 때는 3학년과 대성무대전을 치러야 하기 때문이다.

하지만 김지환은 해냈다.

3학년에 특출한 천재가 없던 것도 한몫했지만 사람을 시켜 박민아를 견제한 것이 주효했다.

김지환과 박민아의 실력은 호각이었기에 이는 큰 차이를 만들어 냈다.

무슨 수를 써서라도 최고가 된다.

그것이 김지환의 신조였다.

"박민아랑은 무슨 얘기 했어?"

예쁜 여학생이 팔짱을 끼며 물었다.

"별로. 그냥 이번 성무대전도 잘해 보자고."

"근데 표정이 저래? 쟤도 진짜 이상해. 네가 사람 좋은 건 알겠는데 상종하지 마."

김지환은 미소를 지었다.

모든 동기가 김지환을 좋아했고 거기에 예쁘고 배경 좋은 여자 친구까지 있다.

모든 것이 그의 계획대로.

그의 인생은 탄탄대로였다.

그때 김지환의 머리에 이서하라는 이름이 스쳐 지나갔다.

아래 학년은 신경도 쓰지 않고 있었는데 이서하라는 이름이 계속 들려온다.

거리에서도 친구들에게서도, 그리고 호적수라고 할 수 있는 박민아의 입에서도.

김지환은 여자 친구에게 물었다.

"혹시 이서하라는 후배 알아?"

"이서하? 청신의 이서하? 알지. 걔 유명하잖아."

졸업반 사이에서도 꽤 유명한 것만 같다.

'너무 신경을 안 썼나?'

선배도 아니고 후배에게 최고의 자리를 빼앗길 수는 없었다.

"작년 결승은 봤었어?"

"응. 봤지. 너 보려고 미리 자리 잡고 있었거든. 근데 잘 싸우던데? 지긴 했지만."

"졌다고?"

"잘생긴 친구한테 졌던데. 그래도 국왕 전하가 직접 칭찬도 해 주고. 멋있긴 하더라."

한참 떠들던 여자는 순간 말실수한 것을 깨닫고 번복했다.

"아니, 그래도 너만큼은 아니었어."

"그래?"

김지환은 미소를 지었다.

"그렇게 실력 좋은 후배가 있었어? 좋은 소식인데? 성무학관의 위상이 더 올라간다는 소리잖아."

그리고는 살짝 뒤로 빠져 표정을 굳힌다.

'국왕 전하가 직접 칭찬해 주었다고?'

대성무대전 때는 관람 후 인사도 없이 사라지셨었다.

그런데 그보다 수준이 떨어지는 소성무대전에서는 직접 그 자리에서 칭찬해 주었단 말인가?

마음에 들지 않는다.

자신에게만 와야 하는 이목이 누군가에게로 나누어지고 있다는 사실이 참을 수가 없다.

'이번에 밟아 버려야겠네.'

쓸데없이 자라나는 잔가지는 더 커지기 전에 잘라 내야만 한다.

'한번 보러나 가 보자.'

김지환은 그렇게 생각하며 식당으로 발걸음을 옮겼다.

◆ ◆ ◆

새 학기가 시작되고 상혁이와 아린이가 돌아왔다.

아린이는 여전히 빛이 났지만 반대로 상혁이는 상거지 꼴
이 되었다.

그나저나 왜 둘이 같은 마차를 타고 온 거지?

은악과 화강은 완전 반대인데 말이다.

"뭐야? 너희 화강에서 같이 왔어?"

"말도 마라."

거지꼴을 한 상혁이는 고개를 흔들며 말했다.

"3,000번은 죽었다 살아난 기분이야."

"뭘 했길래?"

"그건 아린이한테 물어봐. 난 들어가 쉰다."

상혁이가 지친 몸을 이끌고 숙소로 향했고 아린이는 해맑
게 웃으며 걸어왔다.

"오랜만이야. 보고 싶었어."

보고 싶었다는 말이 이렇게 설레는 말이었나?

다른 의미로 심장을 찌르는 말이다.

나는 정신을 다잡고 대답했다.

"상혁이랑 같이 왔어?"

"응, 같이 수련했거든. 서로 죽일 생각으로 대련했어."

태연하게 말하지만 아린이에게 농담은 없다.

죽고 죽이기로 싸웠다면 상혁이 말이 이해가 간다.

"……그, 그래?"

"응. 아버지가 옆에서 누가 죽기 직전에 멈춰 줘서 아무렇지 않아. 다친 곳도 없어. 팔은 몇 번 잘릴 뻔했는데 그래도 귀혼갑이 있어서 괜찮았어. 우린 경험이 부족하니까 이렇게라도 해야지."

이거 아무래도 내가 말실수를 한 것일까?

이렇게 극단적으로 수련할 줄은 몰랐는데 말이다.

하지만 강해졌다는 건 좋은 일이다.

아린이는 과장을 보태거나 거짓말을 하는 사람이 아니었다.

나 또한 상혁이와 아린에게 부족한 것은 경험이라고 생각했다.

아무리 수비대 임무를 했더라도 전투를 많이 경험하지는 않았을 테니 말이다.

할 말이 많았지만 일단 결과가 좋으니 아무 말 하지 말자.

"그래, 잘했어."

아린이가 기분 좋게 미소를 지을 때였다.

"안녕. 네가 이서하니?"

누군가 다가와 나에게 인사를 건넸다.

김지환.

3학년 수석인 남자였다.

이 남자가 왜 지금 나한테 말을 걸까?

'김지환. 분명 선인(善人)은 아니지.'

나는 김지환의 성격을 알고 있다.

회귀 전 그는 부패한 선인의 전형적인 표본과 같았다.

자신의 성공을 위해서는 무슨 일이든 하며 꽤 높은 위치까지 올라갔다.

하지만 거기까지였다.

나라가 망하는 데 일조한 그는 결국 나찰의 손에 죽었다.

부패했든, 정의롭든 나찰에게는 모든 인간이 평등했으니 말이다.

나는 김지환을 바라보다 말했다.

"네, 제가 이서하입니다."

"그래 나는……."

김지환은 반갑게 나에게 인사를 건네다 슬쩍 아린이를 바라봤다.

그리고 굳어 버렸다.

"……하아."

설마 이 인간 아린이 오늘 처음 본 건가?

미치겠네.

알아. 충격적인 예술 작품을 보면 처음에는 저럴 수밖에 없지.

하지만 너무 노골적으로 바라보고 있으니 슬슬 내 쪽으로 관심을 돌리자.

"저기 그래서 그쪽은?"

안 돌아본다. 저거 아주 정신이 나갔구만.

"저기 그래서 그쪽은?"

다시 한 번 물어본 뒤에야 김지환은 민망한지 헛기침을 하며 말을 이어 갔다.

그래, 같은 남자니까 이해해 주자.

아린이를 처음 보면 숨이 막히지.

익숙해진 나도 가끔 정신이 아득해지니 말이다.

김지환은 아린이를 계속 힐끗거리며 자기소개를 시작했다.

"성도(成都) 김 씨, 졸업반의 김지환이다."

"네, 그런데 저에게는 무슨 볼일로?"

"2학년 수석이라고 들어서. 지금이야 학년이 달라 만날 일이 없지만, 무과에 통과한 후에는 내 바로 다음 기수가 될 거 아니야? 미리미리 친해져서 나쁠 이유는 없지."

한마디로 인맥 좀 쌓으러 온 것이다.

방금 아린이를 보고 녀석의 목표가 좀 바뀐 거 같지만 말이다.

어쨌든 난 김지환과 친해질 생각이 없다.

엄밀히 말하면 한 학년 위의, 그것도 인품으로 보나 실력으로 보나 흠잡을 거 하나 없는 김지환을 마다할 이유는 없지만 나는 그의 민얼굴을 알고 있었으니 말이다.

그런 내 생각을 모르는 김지환은 당연히 내가 좋아할 거라 확신하며 내 어깨를 두드렸다.

"뭐 힘든 일 있으면 부담 가지지 말고 말해. 선배로 도와줄 수 있는 건 도와줄게."

김지환은 그렇게 말하는 와중에도 아린이가 신경 쓰이는지 계속해서 시선이 돌아갔다.

'귀찮게 되겠네.'

권력자들은 여자를 좋아한다.

아니, 정확하게 말하면 그들은 모든 것을 탐한다.

좋은 권력자든, 나쁜 권력자든 모두 일반적인 사람과는 다른 강렬한 욕망이 있기에 그 자리까지 올라갔다고 할 수 있다.

이제 김지환은 꿈에서도 아린이가 나올 거다.

'원래라면 아린이는 작년에 사라졌겠지만 말이야.'

그래서 김지환의 눈에 들지 않았겠지만 이제 미래가 바뀌었다.

나는 시선이 돌아가는 김지환을 향해 미소를 지어 보이며 말했다.

"그러죠."

지금 당장은 반목할 필요는 없다.

어차피 김지환은 거물이 아니다.

훗날 꽤 높은 자리에 앉긴 하지만 그건 여기저기 줄을 타고 올라간 결과물일 뿐.

실력으로 보나 인간성으로 보나 그저 부패한 관리 중 하나이기에 내 계획에 큰 지장이 가지는 않는다.

어느 정도 내가 높은 위치에 올라간 뒤 쳐 내면 안전하게 제거할 수 있는 그런 존재.

그럼 대가문의 적자인 그와 굳이 지금 싸울 필요가 있을까?

"그래. 그럼……."

김지환은 아쉬운 듯 미적거리며 마지막까지 아린이를 바라보다 멀어져 갔다.

'저거 좀 싸한데.'

회귀 전 내가 본 김지환은 자신의 욕망을 완벽하게 숨기는 사람이었다.

항상 생글생글 웃으며 평민과도 친하게 지내 만인의 사랑을 받던 인물이었지만 뒤에서는 온갖 더러운 짓을 했다.

하지만 지금의 김지환은 욕망이 전부 얼굴 밖으로 나왔다.

'아직은 어린 건가?'

그렇게 생각할 때 아린이가 말했다.

"우리도 이제 갈까?"

괜히 시간을 뺏겼다.

"그래, 이번 학기도 힘내야지."

해야 할 일이 너무나도 많으니 말이다.

그렇게 2학기가 시작되었다.

◆ ◆ ◆

이서하를 보고 온 김지환은 충격에 빠져 있었다.

유아린.

사실 소문은 들었다.

작년 2학년 사이에서도 신입생 중 화강 출신의 엄청난 미녀가 있다는 말이 돌았었다.

김지환도 남자이기에 관심은 갔으나 그녀의 출신이 화강이라는 것에 바로 마음을 접었다.

화강은 큰 가문이 아니었기 때문이다.

운성, 신평과 함께 4대 가문 중 하나라고 불리는 성도 가문의 적자인 그가 화강같이 변방의 도시를 가진 가문과 이어질 수는 없었다.

그러나 이제는 말이 달라졌다.

"저 정도라고……?"

유아린은 그 자체로 보석과 같았다.

값어치를 알 수 없는, 그 무엇보다 아름다운 보석.

"이서하."

김지환은 은연중 이서하를 자신의 밑으로 두고 있었다.

아무리 철혈이 대단하다고 하더라도 그것뿐이다.

성도와 청신은 배경 차이도 있었으며 이서하가 아무리 천재라도 소성무대전조차 우승하지 못하지 않았던가?

이서하보다는 내가 낫다.

김지환은 그렇게 생각했다.

그런데 유아린이라는 존재만으로도 패배한 기분이 들기 시작했다.

이는 언제나 최고여야 하는 김지환에게는 있을 수 없는 일이었다.

"뭐 해?"

멍하니 있는 김지환의 옆으로 그의 여자 친구가 다가왔다.

조금 전까지만 해도 만족스러웠던 그녀의 외모가 지금은 빛을 잃고 칙칙하다.

김지환은 애써 미소를 지으며 말했다.

"그냥. 멍하니 있지."

도저히 만족할 수가 없다.

배경도 좋고 외모도 괜찮아 마음에 들었던 여자 친구가 이제 별로다.

김지환은 무심코 여자 친구에게 말했다.

"우리 인제 그만 만날까?"

"응?"

당황한 여자 친구의 얼굴을 보며 김지환은 말을 이어 갔다.

"성무대전도 준비해야 하고 이제 무과도 준비해야지. 너 만날 시간 없을 거 같아. 그럼."

이성적인 판단이 아닌 감정적인 이별 통보였다.

김지환은 멍하니 서 있는 여자 친구를 두고 떠났다.

지금도 머릿속에는 유아린뿐이다.

'내가 무언가를 이토록 원한 적이 있던가?'

단 한 번도 없다.

이토록 감정적으로 흔들린 적은 김지환의 인생에 있어 처음이었다.

그러니 유아린만은 내 것으로 만들어야겠다.

그러지 않고는 살아갈 수 없을 것만 같은 느낌이 든다.

식당.

나는 내 옆에 앉은 김지환을 힐끗 보고는 다시 국밥으로 시선을 옮겼다.

요즘 김지환이 자주 보인다.

아마도 아린이를 노리는 것만 같았다.

나에게 친한 척 다가왔지만 눈은 아린이를 향하고 있었으니 말이다.

"아린이는 화강 출신이라고 했나?"

하지만 아린이는 무미건조하게 말했다.

"네."

이 정도면 안쓰러울 정도다.

매일같이 아린이에게 말을 걸고는 있었으나 돌아오는 대답은 '네', 아니면 '아니요'였다.

그것도 마치 그만 말을 걸라는 듯 표정 변화 없이 무미건조한 말투로 말이다.

덕분에 대화는 빠르게 끊어졌지만 김지환은 집요하게도 말을 걸었다.

일단은 아린이가 알아서 처리하고 있었으니 가만히 놔둘 생각이었다.

김지환이 선을 넘지 않는다면 아린이가 정리할 수 있을 테니 말이다.

"그래? 화강은 어때? 살기 좋다고 들었는데."

"네."

아린이는 역시나 단답형으로 대답하고는 나에게 말을 걸어왔다.

"서하야. 아버지가 내일 저녁 같이 먹재. 시간 뺄 수 있어?"

"선인님이 부르면 가야지."

후암의 도움을 어마어마하게 받고 있었으니 나에게 선택권은 없다.

내 말에 김지환은 살짝 표정이 굳었다.

"난 먼저 가 볼게. 상혁이를 죽이……는 게 아니라 대련해야 하거든."

"응. 그래."

방금 상혁이를 죽이러 간다고 하지 않았었나?

기분 탓인가?

어쨌든 아린이가 떠나고 김지환은 겨우 충격에서 벗어나 나에게 말했다.

"둘이 많이 친한가 보네?"

"뭐, 아주 친하죠."

죽을 고비를 같이 몇 번이나 넘겼으니 말이다.

아니, 그보다 유현성은 이미 나를 사위라고 부르고 있었다.

상혁이 녀석이 그걸로 얼마나 놀리던지.

이미 결혼한 거냐고 난리가 났었다.

"그래? 그럼 둘이 사귀는 건가?"

"사귀고 있지는 않지만……."

나는 말을 아꼈다.

이 복잡한 관계를 설명하기는 쉽지 않다.

"안 사귀고 있으면 됐네. 그럼 내가 사귀어도 되는 거지?"

"아린이가 허락을 하면 가능하겠죠. 그런데 아마 안 될걸요?"

나는 순수한 의미로 말했다.

아린이가 부동심법의 기준을 어떤 것으로 세웠는지 정확하게는 알 수 없으나 나와 관련되어 있다는 것쯤을 알 수 있었다.

나찰화를 한 아린이는 내 명령대로, 혹은 나를 돕기 위해서만 움직였으니 말이다.

하지만 김지환은 그게 아니꼬웠나 보다.

"자신 있나 본데?"

"걱정돼서 하는 말입니다. 평판 관리도 해야 하지 않겠습니까? 아린이에게 차였다는 소식은 그 어떤 말보다 빠르게 퍼질 텐데요."

"안 차이면 돼."

김지환은 자리에서 일어나며 말했다.

자신감은 있을 것이다.

훤칠하게 생겼고 성도 김 씨라는 완벽한 배경도 가지고 있으니 말이다.

하지만 상대가 아린이다.

잘될 리가 없지 않겠는가.

그래도 한마디는 해 줘야겠다.

"뭐 선배가 아린이를 좋아하는 건 내가 신경 쓸 일이 아니지만 선은 지키셨으면 합니다."

"선?"

"네, 평범하게 다가가고 거절당하면 바로 물러나세요. 그게 선입니다. 허튼짓하려고 했다가는……."

나는 살기를 담아 말했다.

"성도 김 씨고 뭐고 죽일 겁니다. 아시겠습니까?"

김지환은 살짝 움찔했다.

사람, 나찰, 동물 할 것 없이 많이 죽여 본 사람일수록 더 섬뜩한 살기를 내기 마련이다.

나는 몇 개의 생명을 끊었던가?

적, 동료, 지성이 없는 마수나 동물들까지.

최소 천 이상은 죽여 보았고 또 죽는 것을 지켜보았다.

나는 살기를 거두고는 미소 지었다.

"선만 넘지 않으시면 상관하지 않습니다. 선택은 아린이가 할 일이니까요."

"……그래. 시원하고 좋네."

김지환은 애써 괜찮은 척하며 멀어졌고 나는 그런 등을 바라보았다.

또 누군가의 학창 시절 흑역사가 만들어지고 있었다.

김지환은 아린이를 따라갔다.

"저기."

아린은 김지환을 발견하고는 고개를 갸웃했다.

"무슨 용건이시죠?"

"어디 가나 궁금해서. 어디로……."

"용건이 없으면 전 가 보겠습니다."

아린은 바로 몸을 돌려 걸어갔다.

무시하려는 의도는 아니었으나 김지환으로서는 그렇게 느낄 수밖에 없었다.

보통 여자들은 김지환이 조금만 찔러도 바로 넘어왔으나 아린은 달랐다.

이렇게는 안 된다는 것을 깨달은 김지환은 대범하게 다가가기로 했다.

"혹시 나 어떻게 생각해?"

한 번도 무시당한 적이 없기에 할 수 있는 대담한 발언이었다.

아린은 이해할 수 없다는 듯 김지환을 바라보다가 말했다.

"아무 생각도 없습니다."

"그럼 지금부터 생각해 보는 건 어때?"

"그럴 필요성을 느끼지 않네요."

이렇게까지 노골적으로 들이대는데도 무시한다는 건 정말로 관심이 없다는 뜻이었다.

하지만 김지환은 쉽게 굽히지 않았다.

"이서하 때문에 그러나? 걔는 너한테 관심 없다고 하던데."

언제나 살짝 관심을 보이는 것만으로도 상대의 호감을 얻었던 김지환이었기에 지금의 발언이 얼마나 명청한 것인지를 알지 못했다.

그의 머릿속에는 오직 유아린을 가져야 한다는 생각뿐.

아린은 작게 한숨을 쉬고는 고개를 돌려 말했다.

"당신 말이 사실이든 아니든 상관없습니다. 서하가 저를 싫어해도 전 서하가 좋으니까요. 그러니까……."

아린은 김지환의 바로 앞까지 다가가 말했다.

"한 번만 더 서하에 대해 헛소리하면 선배고 뭐고 가만히 있지 않겠습니다."

아린은 표정을 풀지 않고 바로 발걸음을 돌려 멀어졌고 김지환은 멍하니 있다가 주변을 살폈다.

별로 심한 말도 아니었지만 김지환은 저런 대우를 받아 본 적이 없어 면역력이 떨어졌다.

당혹감은 분노로 바뀌고 그의 머릿속은 빠르게 돌아갔다.

"그래, 좋아할 수 있지. 좋아할 수 있어."

분노의 화살은 이서하에게로 향했다.

그리고 유아린 또한 이대로는 얻는 것이 불가능하다는 판단이 섰다.

하지만 포기할 수는 없다.

김지환은 방법을 떠올렸다.

유아린도 얻고 이서하도 박살 내 버릴 방법을.

"그냥 좋게 좋게 가면 좋을 것을."

일단 이서하는 대회에서 박살 내도록 하자.

그러려면 무조건 이서하를 만날 수 있도록 조정해야 한다.

그건 성도 김 씨의 가주인 아버지가 충분히 해 줄 수 있는 일이다.

편지 한 통이면 가능하다.

내용도 경박할 필요가 없다.

실력을 확인하기 위해 유명한 청신의 천재, 이서하와 4강 정도에서 붙게 해 준다면 감사하다는 말만 적어도 그렇게 될 것이다.

두 번째로 준비해야 하는 건 사전 작업이다.

4강이 열리기 하루 전에 이서하를 습격해 내공을 소모시키는 것이다.

이미 박민아에게 성공한 적이 있는 작전이다.

비슷하게만 하면 충분하리라.

"최고가 돼야지."

최고가 되면 모든 것을 얻을 수 있으리라.

부와 명예, 그리고 유아린도.

그는 그렇게 자위하며 어둠 속을 걸어갔다.

수확제가 시작되었다.

전년도와 같이, 아니 전년도보다도 많은 손님이 몰려들었다.

아린이와 나는 함께 모여 손님들을 기다렸다.

가장 먼저 도착한 것은 수도에서 일하기 시작한 유현성이었다.

유현성은 나에게 다가오더니 미소와 함께 말했다.

"하하하! 벌써 1년이나 지났구나. 이번에도 성무대전에 참가하느냐?"

"당연히 그래야죠."

"그럼 우승하고 소원으로 너희 약혼식에 전하를 모시는 건 어떠냐?"

순간 혹했다.

하지만 나는 넘어가지 않고 양해를 구했다.

"다른 소원을 빌어야 할 것이 있습니다."

"오, 빌기 싫다는 말은 안 하는구나. 하긴 3학년도 있으니 이번에는 네가 빌고 싶은 걸 빌어라."

뭐라고 대답해야 할지 모르겠다.

여전히 유현성은 상대하기 힘든 상대였다.

다음에 도착한 것은 조수연을 비롯한 은악의 사람들이었다.

상혁이가 초대를 한 것이다.

그녀는 영주 대리였기에 자리를 오랫동안 비우기는 힘들지만 그래도 수확제 같은 큰 축제가 아니면 부를 기회가 없다.

맘 같아서는 주은희도 부르고 싶지만 그녀는 올 수 없다.

한백사가 그녀를 발견하면 무슨 일이 벌어질지 모르니 말이다.

귀신을 봤다고 심장 마비라도 오면 좋겠지만 그 건강한 양반이 그럴 리가 없지.

조수연은 나와 아린이에게 인사를 하며 말했다.

"오랜만입니다. 도련님."

"이번 방학에는 못 찾아갔네요. 미안해요. 좀 바빠서."

"아닙니다. 일 년에 한 번 와 주시는 것만으로도 큰 힘이 됩니다."

"수연 씨. 일찍 도착하셨네요."

뒤늦게 온 상혁이가 수연을 반기고는 말했다.

"저 숙소를 배정해 주었는데 이게 지도가……."

"네가 안내하고 와."

"응? 나 너희 가족분들에게 인사드려야지."

"그건 밤에 해도 늦지 않아. 안내해 줘. 네 손님은 처음이잖아."

상혁이는 머리를 긁적이더니 말했다.

"그래? 그래도 되나? 금방 갔다 올게."

그래도 나름 국왕 전하가 신경을 써 주는 것이 보였다. 본인이 준 이름과 도시였으니 끝까지 신경 써 주시는 거겠지.

이윽고 얼마 지나지 않아 아버지와 할아버지를 비롯한 청신의 가족들도 모였고 거기에는 장원 큰아버지도 있었다.

"큰아버지. 오랜만이네요. 그간 잘 지내셨습니까?"

"서하구나! 그래 잘하고 있다는 말은 들었다."

장원 큰아버지는 반갑게 나를 맞이해 주었다.

까칠한 경원 작은아버지와는 달리 성격은 좋은 사람이다.

허세가 심해서 그렇지.

아니나 다를까 물어보지도 않은 자기 자랑을 시작했다.

"내가 병참 쪽에서 일하지 않느냐? 이번에 큰 원정이 있어 국왕 전하를 뵙고 몇 가지 상황 설명을 들으려고 한다."

장원 큰아버지는 무공에는 재능이 없었으나 숫자에는 밝았다.

덕분에 상급 무사로 활동한 이후 병참 쪽에서는 꽤 높은 곳까지 올라갈 수 있었다.

지금도 큰 원정이 잦았기에 작년에는 눈코 뜰 새 없이 바빠올 수 없었으나 올해 원정이라고는 북대우림 원정뿐이니 이렇게 시간을 낼 수 있었단다.

나는 큰아버지가 원하는 대답을 해 주었다.

"우와! 국왕 전하랑요? 대단하네요. 병참은 관리하기가 여간 어려운 것이 아니지 않습니까?"

"그렇지. 잘 싸운다고 모든 전쟁에서 이기는 건 아니란다. 잘 먹어야 잘 싸우지. 그 잘 먹이는 역할이 바로 이 큰아빠의 역할이란다."

"정말 대단하십니다."

"대단하긴. 싸우지도 않는데."

경원 작은아버지가 옆에서 딴죽을 걸었지만 큰아버지는 호탕하게 웃을 뿐이었다.

"다른 대단함이라고 하지. 저 동생은 그걸 몰라요."

장원 큰아버지를 과대평가하는 것은 아니지만 병참은 쉬운 일이 아니다.

간단한 병참도 신경 써야 할 것이 한둘이 아닌데 그 수가 1,000명 단위로 올라가면 정말 머리가 깨진다.

'전쟁 중에 병참이 끊겨서 얼마나 고생했는지.'

그렇게 상혁이와 아린이도 뒤늦게 합류해 인사를 나눈 뒤 할아버지는 국왕 전하가 계신 궁으로 향했다.

그와 동시에 대성무대전의 일정 또한 공개되었다.

참가자는 총 4명뿐이었다.

다른 해에 비해 상위권과 그렇지 않은 아이들의 실력 차이가 확실하기 때문이었다.

어차피 참가해 봤자 좋은 꼴은 못 보기에 참가 신청을 하지 않은 것이다.

간혹 일어나는 일이었기에 이상한 것도 없다.

4강 일정은 이러했다.

한상혁 대 박민아.

이서하 대 김지환.

이틀 만에 치러지는 간단한 일정이었다.

"예선 같은 건 안 해서 좋네."

그렇게 중얼거릴 때 나의 뒤로 강무성이 슬쩍 뒤로 다가와 말했다.

"김지환이 너랑 4강에서 붙고 싶다고 하더군. 그래서 이렇게 되었다."

"왜 4강입니까?"

그런데 결승도 아니고 왜 4강일까?

"결승에서는 상혁이를 만나 서열 정리를 할 생각이겠지."

아, 나 준우승이었지.

원하는 바를 다 이루어서 우승이라도 한 줄 알았다.

"그래서 상혁이가 박민아랑 겨루게 되었다. 마음 같아서는 상혁이를 김지환이랑 붙이고 싶었는데 위에서 까라면 까야지. 어쩌겠냐?"

"이 정도로도 충분합니다. 선인님 덕분에 일이 잘 풀리네요."

강무성은 살짝 한숨을 내쉬었다.

"김지환은 위험한 놈이야. 머리도 좋고, 실력도 출중하지. 거기다가 잔혹한 면도 있어. 될 수 있으면 안 싸우는 게 좋지."

"그럼 상혁이도 위험하지 않습니까?"

"상혁이가? 에이. 그 녀석은 완전 다른 차원이야. 최근 혼자 수련하는 걸 봤는데 이미 웬만한 상급 무사들도 이길 수 있을 정도로 성장했더구나."

그 정도입니까? 벌써?

사실 비고에서도 상혁이는 상급 무사급의 실력을 보여 주었다.

나찰화를 한 아린이나 극양신공으로 수명을 태워 가며 싸우는 나보다는 약했으나 수호신장의 힘을 견디며 내가 도망칠 수 있게끔 시간을 끌 정도의 실력이었으니 말이다.

그런데 방학 사이에 또 얼마나 성장한 거야?

만약 적이었다면 무서울 정도의 성장 속도였다.

강무성은 말을 이어 갔다.

"만약 김지환과 붙으면 상혁이가 열에 아홉 번은 이길 거다."

"한 번은요?"

"김지환이 뒷공작에 성공해 상혁이가 지겠지. 실력 대 실력으로는 답이 없지만 그런 변수도 생각해야 하니까. 어쨌든 너도 김지환이 무슨 짓을 할지 모르니 조심해라. 증거가 없으면 처벌도 못 해. 그럼 난 준비할 게 많아서 간다."

아무리 김지환이 또래들을 잘 속여도 어른의 눈에는 보이는 모양이다.

차라리 잘됐다.

4강에서 김지훈을 이기고 결승에서는 상혁이를 만나는 것이 서열 정리를 확실하게 할 수 있으니 말이다.

'그나저나……'

나는 멀리서 다가오는 아린이를 바라봤다.

여전히 모두의 시선을 받으며 오고 있다.

어느 순간부터 김지환이 나타나질 않는다.

'선을 안 넘었으면 좋겠는데.'

넘어올 거 같다는 생각이 마구 들기 시작했다.

◆ ◈ ◆

박민아 또한 대진을 확인한 뒤 혀를 찼다.

'내가 이서하랑 붙고 싶었는데.'

박민아는 신평에서 동생 박민주와 나누었던 대화를 기억해 냈다.

수련 중 박민아는 동생에게 문득 물었다.

"너 좋아하는 사람 있지? 누구야?"

"좋아하는 사람? 어, 없는데! 없어! 진짜로."

좋아하는 사람이 있냐는 질문에 박민주는 평정심을 잃고 말을 더듬었다.

원래부터 거짓말을 잘 못 하는 아이다.

그때부터 박민아는 박민주가 짝사랑하는 대상을 찾아내기 위해 관찰했다.

그중에서도 가장 유력한 후보는 이서하였다.

궁술을 가르쳐 주었고 미래가 없던 동생에게 밝은 빛을 보여 준 남자.

271

과연 동생에게 잘 어울리는 남자인지 칼을 한번 맞대 보고 싶었다.

"그나저나 한상혁이라는 애도 이서하 친구였지?"

이서하와 함께 다니던 기생오라비처럼 생긴 녀석이었다.

하지만 실력은 굉장하다.

소성무대전 우승자인 데다가 이서하와의 결승전은 당시 2학년이었던 박민아에게도 큰 충격으로 다가왔다.

"어떤 애인지 물어볼까?"

동생과 대화할 좋은 기회다.

집에서는 수련이니 뭐니 하면서 매일 동생과 붙어 있을 수 있었지만 성무학관에서는 쉽게 그럴 수 없었다.

각자 할 일도 많았고 특히나 만나러 갈 때마다 민주가 싫어하는 기색을 냈기 때문이다.

하지만 이유가 있다면 이야기가 다르다.

당당하게 만나러 갈 수 있었고 박민아는 머뭇거리지 않았다.

그렇게 박민주를 발견하고 다가가려고 할 때였다.

"너 대진 언니랑 잡혔다며?"

"응. 그렇게 됐어. 그래도 서하랑 안 붙은 게 어디야."

"언니도 엄청 강해."

박민아는 동생의 말에 슬쩍 미소를 지었다.

그래도 자기편을 들어 주는구나.

아무리 그래도 같이 수련하던 정이 있는데 설마 자기 언니가 지기를 원할까?

그렇게 생각할 때였다.

"그, 그래도 네가 이겼으면 좋겠어."

"고마워. 열심히 할게."

"응! 열심히 해! 너랑 서하 결승전 진짜 멋있었으니까 또 보고 싶거든. 그래서……."

"그래, 또 서하랑 결승 해야지. 난 볼일이 있어서 먼저 가 볼게."

"응. 미안. 너무 붙잡고 있었다. 헤헤."

상혁은 눈치 없이 사라졌으나 박민아는 동생이 좋아하는 사람이 누군지를 확신할 수 있었다.

아무리 사이가 안 좋아도 자기 친언니랑 싸우는 남자를 응원할 정도는 아니다.

아무 관계도 아니라면 말이다.

"이서하가 아니라 저놈이었구나."

이서하가 아니었다.

그리고 무엇보다 짝사랑이다.

남자 쪽은 아무런 관심이 없다.

그게 더 짜증 난다.

세상에서 가장 귀엽고, 예쁘고, 착하고, 소중한 동생이 짝사랑이라니!

'저런 쭉정이가 민주를 무시해? 미친 거 아니야?'

배경도, 평판도 별거 없는 남자.

생긴 건 기생오라비처럼 생겨서, 지극히 박민아의 주관적인 시점으로, 선녀와 같은 동생의 사랑을 모르는 척한단 말인가.

그렇게 박민아가 홀로 분노를 불태우고 있을 때 박민주가 지나가다 그녀를 발견하고는 말했다.

"언니? 여기서 뭐 해?"

박민아는 바로 표정 관리를 하며 말했다.

"어? 지나가다가. 너 찾아다니고 있었어. 가족 만찬 있으니까."

"아 맞아! 벌써 시간이 그렇게 됐어?"

"아니, 늦으면 안 되니까 내가 직접 데리러 왔지. 가자."

"웅! 언니!"

박민주는 어딘지도 모르고 앞서가다가 언니를 돌아보며 말했다.

"근데 어디로 가야 해?"

"그럴 줄 알았어."

박민아는 앞장서며 표정을 굳혔다.

이번 4강은 재밌을 것만 같다.

◆ ◆ ◆

김지환 역시 성도에서 온 친인척들과 함께였다.

그 사이에는 성도에서 유명한 해결사들도 함께였다.

어른들과 만찬을 즐긴 김지환은 바로 이들을 불러 모았다.

"목표는 이서하, 그리고 유아린이다."

"호오, 이번에는 청신이네요? 저번에는 신평이었는데. 이렇게 거물들을 건드려도 되겠습니까?"

"성도 김 씨인 내가 보기에는 거물이 아닌데? 너희들에게나 그렇겠지. 그리고 상관없어. 언제 사이가 좋은 적이 있었나?"

거대 가문끼리는 서로 친하게 지내지 않았다.

서로서로 가장 큰 경쟁자이었기에 겉으로는 내색하지 않아도 감정이 좋을 수가 없었다.

공적으로는 협력하지만, 사적으로는 욕하는 사이.

딱 그 정도의 관계였다.

"저번과 비슷하지만 일이 하나 추가되었다. 여자는 기절시켜서 잡아 오고 남자는 그냥 적당히 티가 안 날 정도로만 손을 봐 주면 돼. 내일 내가 밟아 줄 거니까."

"신평의 그 여자만큼만 두들겨 주면 되는 거죠?"

"조금 더 심하게 해도 돼. 보이는 부상만 입히지 말고. 내일 대회에서 내가 직접 처리할 거니까."

"알겠습니다. 그런 건 또 제가 전문이죠."

"일 처리를 잘하면 약속한 금액의 3배를 주지. 일이 하나 늘은 만큼 신경도 써 줘야지."

살수들은 씩 미소를 지었다.

성도에는 암부의 본부가 있다.

성도의 주인이 그것을 모르고 있을까?

아니, 전부 알고 있다.

애초에 암부가 성도에 정착할 수 있도록 도와준 것이 성도 김 씨의 현 가주인 김지환의 할아버지였으니 말이다.

성도 김 씨의 사람들은 암부에게 안전하게 사업할 장소를 제공하는 대신 암부의 사람들을 부하처럼 다루었다.

물론 성도 김 씨와 암부는 서로 다른 조직이었기에 내부 정보까지 공유하지는 않았으나 서로 좋은 관계는 유지했다.

그때 암부의 살수 중 하나가 말했다.

"그런데 이서하는 잔나비를 죽였다고 들었습니다만? 조심해야 하는 거 아닙니까?"

김지환은 피식 조소를 띠우며 말했다.

"그래서 암부의 살수라는 것들이 5명이나 있으면서 겁먹은 거냐?"

"에이, 그럴 리가 있습니까? 도련님."

살수들의 대장이 빠르게 답한 뒤 말을 이어 갔다.

"죽이는 것도 아니고 적당히 손을 보는 정도라면 식은 죽 먹기죠."

이서하는 암부의 표적으로 되어 있지만 죽이는 것이 아니기에 규칙에도 걸릴 것이 없다.

게다가 아무리 잔나비가 죽었다고 하더라도 이번에는 5명
이다.

잔나비와 비교하더라도 별로 떨어지지 않는 실력자 다섯
이 모였으니 수월하게 해낼 수 있으리라는 계산이었다.

"그럼 바로 움직이시죠."

김지환은 비열하게 웃으며 생각했다.

'감히 나를 거절해?'

그 무슨 수를 써서라도 목적을 완수한다.

그것이 김지환이 생각하는 최고가 되는 방법이었다.

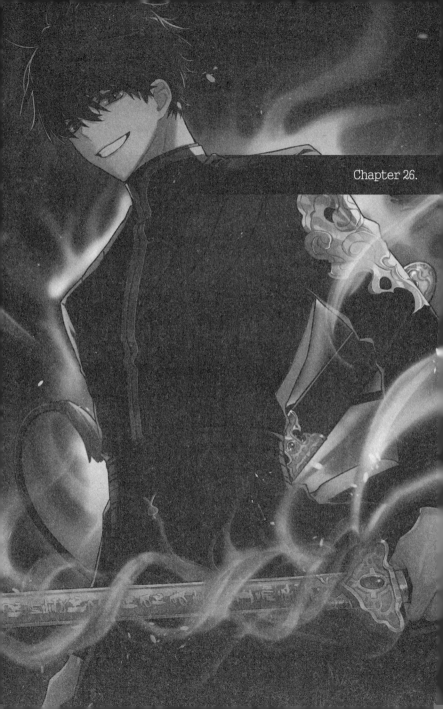

Chapter 26.

첫날이 순식간에 지나가고 둘째 날에도 일정이 빠듯했다.

유명 인사가 된 나는 여기저기 인사를 하며 다녀야 했다.

작년에는 이런 일이 없었는데 말이다.

장원 큰아버지가 와서 그런가 보다.

우리 집안에서 유일하게 정치에 관여하는 분이었기에 아는 사람이 많았고 온갖 관료들에게 내 자랑을 늘어놓았다.

"하하하! 건하만큼은 아니지만 우리 서하도 성공이 보장된 아이입니다!"

건하만큼은 아니라는 말이 꼭 들어갔으나 아들 바라기인 큰아버지인 만큼 이해하고 넘어가자.

그래도 누군가가 나를 자랑스럽게 생각하는 건 기분 좋은 일이다.

그렇게 큰아버지와 함께 이곳저곳 인사한 뒤에야 나는 아린이와 함께 늦은 저녁을 먹을 수 있었다.

"내일이 4강인가? 이번에는 우승할 생각이지?"

"응. 빌 소원도 있으니까. 그렇다고 상혁이한테 져 달라고 할 생각은 아니야."

아린이는 빙긋 웃으며 말했다.

"그래도 네가 우승할 거야."

"그러길 바라야지."

아니면 지금이라도 가서 져 달라고 부탁할까?

상혁이는 져 줄 텐데.

그렇게 찌질한 생각을 하던 나는 고개를 흔들었다.

공청석유까지 복용하고 이렇게 굴지 말자.

"그나저나 김지환 선배가 너한테 이상한 짓은 안 했지?"

"응? 그 뒤로는 말도 안 걸어. 걱정하지 마. 그 정도는 바로 죽일 수 있어."

"그래, 이상한 짓 하면 바로 날려 버려."

좀 문제가 생기더라도 유현성이 어떻게든 수습해 주겠지.

후암의 수장이니까.

"슬슬 일어나자."

그렇게 숙소로 돌아가는 길.

비단옷을 입은 꼬마가 불안한 얼굴로 두리번거리고 있는 것이 보였다.

"꼬마?"

10살도 안 되어 보이는 꼬마는 나와 아린이를 보고는 조심스럽게 다가와 물었다.

"실례하겠습니다. 저는 건주 김 씨의 김시영이라고 합니다. 혹시 이곳이 성무학관인지요?"

"성무학관은 맞는데. 무슨 일이니?"

"형님에게 전해 줄 것이 있는데 제가 길을 잃어버려서……."

건주 김 씨.

분명 저번 주지율한테 버릇없이 굴었던 수석과 함께 있었던 것만 같다.

"어디서 만나기로 했는데?"

"1학년 숙소 근처의 공터가 있다고 들었습니다. 그곳에서 기다리고 있겠다고 하셨습니다."

나는 슬쩍 아린이를 돌아보았다.

곤란한 어린이를 두고 갈 수는 없는 일이다.

성무학관의 길은 복잡해 신입생들도 종종 헤매곤 한다.

아무리 길을 설명해 준다고 하더라도 달빛과 횃불에만 의지해 어린아이 혼자 찾아가기는 힘들다.

"그럼 형이 같이 가 줄까?"

"그래 주시겠습니까? 감사합니다."

아이는 꾸벅 고개를 숙였다.

"데려다주고 가자."

아린이는 말없이 고개를 끄덕였다.

그나저나 어느 공터를 말하는지 모르겠다.

성무학관에는 빈 수련장들이 많았다.

몇몇 곳은 숲처럼 조성해 놓기도 하며 최대한 실전과 비슷한 수련장을 만들어 냈다.

"정확히 어디 공터라고 말했니?"

"숲으로 된 수련장이라고 했었습니다."

"그래?"

그런 곳에서 동생을 기다린다고?

조금은 이상했으나 그렇다고 어린아이를 두고 갈 수는 없었다.

그렇게 나무가 울창한 연무장에 들어갈 때였다.

내 영역으로 5명이 괴한들이 들어왔고 아린이도 같은 것을 느낀 듯 표정을 굳히고 나를 바라봤다.

역시나 함정이구나.

아마도 김지환이 아닐까?

하지만 이것도 괜찮다.

김지환이 어떤 식으로 움직이는지를 보고 약점을 잡는 것도 나쁜 일은 아니다.

거기다 다섯 전부 실력이 그렇게 좋은 거 같지는 않다.

천우진 같은 괴물만 아니라면 충분히 상대할 수 있다.

그렇게 한참 안으로 들어가던 나의 앞으로 살수들이 나타났다.

"수고했다."

살수는 아이에게 돈을 건네주었고 아이는 바로 고개를 숙인 뒤 빠르게 사라졌다.

살수는 나와 아린이의 반응을 보고는 말했다.

"놀라지 않는군."

"숲 초입부터 알고 있었어."

"하, 그런데도 따라온 건가?"

"무슨 짓을 하려는지 궁금했거든. 너희 암부냐?"

"눈치가 빠른데? 청신의 이서하. 그리고 화강의 유아린. 맞지?"

"정확하다."

나는 주변을 흘깃 둘러보았다.

살수 다섯이 나와 아린이를 포위하는 형태였다.

길게 끌 필요가 없다.

나는 천광을 꺼내 들었고 아린이는 자세를 잡았다.

"뒤에 둘만 맡아 줘. 앞에 셋은 내가 처리할게."

"죽여도 될까?"

"응. 죽여."

아린이는 살짝 고개를 끄덕인 뒤 은빛을 뿜어내며 앞으로 달려갔다.

나 또한 극양신공을 발동했다.

몸이 망가지기에 인간들을 상대로는 좀 아깝긴 하지만 암부의 살수를 얕볼 수는 없다.

"쳐라!"

살수들 또한 동시에 나와 아린이를 향해 달려들었다.

'실력은 백두검귀급인가?'

상급 무사와 선인의 경계에 있는 정도.

1년 전만 하더라도 백두검귀에게 고전했던 나지만 지금은 다르다.

공청석유로 얻은 어마어마한 내공을 전부 양기로 바꾼 나는 달려드는 살수 두 놈을 태워 죽였다.

"크아아아아악!"

"이, 이게 무슨……."

대장으로 보이는 살수는 놀란 듯 눈을 동그랗게 뜨고 얼어붙었다.

한 합에 두 명이 죽을 줄은 몰랐겠지.

그때 살수의 비명과 함께 뒤에서는 우지끈하는 소리가 들려왔다.

아린이의 주먹에 맞은 살수 하나의 목이 돌아갔고 나머지 하나는 내장이 뒤틀려 피를 토하며 쓰러졌다.

아린이의 실력도 전과는 격이 달랐다.

실전 경험이라는 것이 그래서 중요하다.

날 죽이려는 상대가 어떤 식으로 공격하고, 내 무공에는 어떤 약점이 있는지를 정확하게 판단할 수 있으니 말이다.

그런 의미로 효율면에서는 경험만 한 수련이 없다.

"이, 이런……!"

남은 살수 한 명이 도망치기 위해 몸을 돌렸으나 나는 바로 그에게 돌진해 엉덩이를 걷어찼다.

"윽!"

넘어진 살수가 몸을 돌리는 순간 나는 녀석의 무릎 바로 위를 칼로 찍었다.

"크헉!"

도망치면 다시 잡으러 가기 귀찮으니 이게 가장 좋다.

"으아아아악!"

살수가 비명을 지르고 난 녀석의 뒷덜미를 잡아 일으킨 뒤 말했다.

"누가 시켰냐?"

살수는 나를 쳐다보며 거친 숨을 내쉬었다.

사실대로 고하면 살아남을 수 있을지, 아니면 말하든 말든 죽일지 모르는 그로서는 고민이 될 수밖에 없었다.

나는 이런 놈들을 다룰 줄 안다.

의뢰인을 절대로 배신하지 않는 살수는 극히 드물다.

그렇기에 비싼 돈을 주고서라도 천우진 같은 자를 고용하는 거겠지만 말이다.

어쨌든 이놈은 암부의 수없이 많은 살수 중 하나.

그 정도의 직업의식은 가지고 있지 않을 것이다.

생존이 확정시된다면 바로 의뢰인을 배신하는 놈들이 더 많다.

"이렇게 하자. 나는 김지환이 너에게 의뢰한 것을 알아."

"……."

살수답게 표정 관리가 수준급이었으나 미세하게 떨리는 동공까지는 어떻게 할 수가 없다.

"김지환이 무엇을 요구했고 지금 어디서 너를 기다리는지만 알려 주면 너는 집으로 돌아가도 돼. 정말이야. 어차피 무릎도 박살 나서 앞으로 칼밥 먹고 살기는 힘들 거 같은데."

살수는 자신의 무릎을 내려다보았다.

아마 다리를 절단해야 할 수도 있을 것이다.

외다리로 초고수가 된 인물도 꽤 많지만 그 가능성은 희박하다.

"어때? 청신의 사람을 습격했다 실패한 것치고는 괜찮은 제안이지 않나?"

살수가 흔들리기 시작했다.

"뭣하면 정보 값도 주지. 안전하게 도망가서 살 수 있도록 말이야."

마지막 말이 결정타였나 보다.

살수는 침을 삼킨 뒤 천천히 입을 열었다.

"정말입니까?"

"당연하지. 너도 어차피 먹고살려고 한 짓 아니냐. 나는 의
뢰한 놈을 처리하고 싶을 뿐이지 너한테는 아무런 악감정이
없어."

살수는 마음을 다잡고 입을 열었다.

"……일이 끝나고 김지환과는 남악의 초입에 있는 팔각정
에서 만나기로 했습니다."

"남악의 초입 팔각정이란 말이지. 김지환이 나를 어떻게
하라고 하던가?"

눈에는 눈, 이에는 이라는 말이 있다.

나는 김지환이 이 암부의 살수에게 의뢰한 대로 돌려줄 생
각이었다.

"남자는 적당히 힘을 빼놓고, 여자는 데려오라고 했습니
다."

"뭐?"

"대성무대전에 대비해 남자는 힘을 빼놓으려는……."

"아니, 그거 말고. 여자는 뭐?"

"여자는 기절시켜 데리고 오라고."

아린이도 목표였단 말인가?

순간 표정 관리가 되지 않았다.

"내가 선을 넘지 말라고 했는데 말이야."

김지환은 기어코 돌이킬 수 없는 선을 넘었다.

"그래, 들을 건 다 들었다. 충분하네. 전가은!"

내 외침에 전가은이 날아와 한쪽 무릎을 꿇었다.

그녀가 주변에 있다는 것은 육감으로 알고 있었다.

"이 살수는 적당히 돈을 주고 내보낸 뒤 부하들을 데리고 합류해라. 남악 초입 팔각정이다."

"정말로 돈까지 주는 겁니까?"

"그래. 약속은 지켜야지. 그래야 다른 놈들도 나한테 술술 불 테니까. 동료들한테 소문 좀 내. 알았지?"

"아, 알겠습니다."

"그리고 자비는 한 번뿐이야. 그러니까 나중에 돈을 더 달라는 등 이상한 헛소리를 하면 바로 목이 날아갈 거다. 적당히 시골에 처박혀 살아가. 알았어?"

"알겠습니다."

나는 자리에서 일어나 걱정스럽게 바라보는 아린이를 향해 살짝 미소를 지어 주었다.

"넌 숙소에 들어가 있어. 나머지는 내가 처리할게."

"혼자 가도 괜찮겠어?"

"응. 혼자 가야지. 걱정하지 마. 별일 없을 거야."

정말로 별일 없을 거다.

이 세상에서 쓰레기 하나를 치우는 일일 뿐이니까.

◆ ◈ ◆

남악의 입구에 있는 팔각정에서는 아름다운 보름달을 볼
수 있다.

기대감에 부푼 김지환은 편안하게 앉아 보름달을 바라보
고 있었다.

곧 있으면 모든 것이 이루어질 것이었다.

조용히 차를 한 잔 마시던 김지환은 미소를 지었다.

성공의 요소를 전부 가지고 태어난 그는 재능마저 타고났다.

적당한 노력만으로도 모두를 앞지를 수 있었고 성도 가문
은 그런 그에게 최대의 지원을 해 주었다.

어렸을 적부터 마음에 안 드는 놈들은 암부를 이용해 치우
고, 원하는 것은 수단과 방법을 가리지 않고 얻었다.

사회의 규칙은 그에게 해당되지 않았다.

그 어떤 방식으로, 얼마나 심하게 법을 어기고 규칙을 파괴
하더라도 돌아오는 건 승리뿐.

그 어떤 처벌도 없다.

그렇기에 김지환에게는 선이 없었다.

넘어서지 말아야 할 선이라는 건 약자들에게나 존재하는 것.

김지환은 잔을 비우며 중얼거렸다.

"금방 망가지겠네. 청신의 천재."

여자 친구를 빼앗기고 대회에서는 처참하게 패배하고.

그런 충격에서 회복하는 사람은 많지 않다.

그리고 그때 누군가가 다가오는 것을 느낀 김지환은 몸을 돌렸다.

"그래, 일은 잘 처리했느냐?"

위엄 있게 말하는 그 순간, 얼굴에 둔탁한 충격이 전해졌다.

퍽! 하는 소리와 함께 넘어간 김지환은 놀란 얼굴로 위를 올려 보았다.

황금빛으로 빛나는 이서하가 내려다보고 있다.

순간 사고가 정지되었다.

처음에 든 생각은 의문이었다.

이서하가 왜 여기 있지?

실패한 것인가?

암부의 살수 다섯이 고작 2학년에게 당했다는 말인가?

당황한 김지환이 멍하니 있자 이서하가 말했다.

"야, 내가 선 넘지 말라고 그랬지."

김지환은 벌떡 일어난 뒤 검을 뽑았다.

"이 새끼가!"

이성이란 없는 당혹감과 분노로만 이루어진 공격.

그런 공격에 당할 리가 없는 서하는 가볍게 흘린 뒤 손잡이 끝으로 김지환의 명치를 치고 다시 얼굴을 후려쳤다.

"컥!"

김지환이 뒷걸음질 치다가 넘어지고 이서하는 그를 내려

다보며 말했다.

"자, 이제 벌을 받자."

선은 약자에게만 존재한다.

지금 이 순간 김지환의 뒤로 자기가 몰랐던 선이 그어지고
있었다.

◆ ◇ ◆

김지환은 비열한 야심가다.

그 사실을 알고 있었음에도 그를 가만히 놔둔 것은 그를 제
거하기 위해 위험을 감수하는 것보다 놔두는 것이 더 안전했
기 때문이다.

같은 의미로 한백사도 건드릴 수 없고, 신태민도 건드릴 수
없다.

이들을 건드렸다가는 큰 위험을 감수해야 하니 말이다.

아직은 이들을 건드릴 수 있는 때가 아니다.

같은 의미로 별것도 아닌 김지환과 싸워서 좋을 건 없다고
판단했었다.

김지환 자체는 별 볼 일 없으나 그는 왕국 최대 가문 중 하
나인 성도의 일원이었으니 말이다.

하지만 그는 선을 넘었다.

나는 김지환을 내려다보며 말했다.

"자, 이제 벌을 받자."

"가, 감히 너 따위가 나를 벌한다고?"

김지환은 아직도 상황을 이해하지 못한 것만 같다.

아마 나와 싸워 이길 수 있다고 생각하겠지.

지금까지는 기습을 당했다고 생각할 거다.

"죽어!"

김지환은 있는 힘껏 검을 휘둘렀으나 극양신공을 쓴 내 눈에는 그저 느리게만 보일 뿐이다.

나는 슬쩍 피한 뒤 녀석의 검을 날려 주었다.

당황한 것도 잠시.

나는 김지환의 허벅지에 검을 꽂았다.

"으아아아악!"

녀석이 비명을 질렀고 순식간에 전의를 잃어버렸다.

고통에 면역이 없을 줄은 알고 있었는데 생각보다도 시시하게 겁을 먹어 버렸다.

나는 김지환과 눈을 마주하며 말했다.

"경쟁은 좋아. 하지만 선을 넘으면 이쪽도 가만히 있을 수가 없거든. 그러게 내가 선 넘지 말라고 했잖아. 조언은 들어야지."

"……네, 네가 감히 성도의 적자(嫡子)한테 이런 짓을 하고도 살아남을 줄 아느냐?"

"당연하지. 넌 네가 사주한 놈들이 죽인 거로 할 거거든."

"뭐?"

"네가 사주한 놈들 있잖아. 나한테 지고 돌아온 뒤 너와 말싸움을 하다 홧김에 푹. 그런 설정으로 갈 거야. 의심은 하겠지만 증거가 없으면 처벌할 수 없으니 어쩌겠어? 안 그래?"

"아니, 지금 날 죽인다고……."

"아, 그 부분?"

김지환은 내가 설명을 시작하기도 전에 겁을 먹은 눈으로 말했다.

"지, 지금이라도 늦지 않았어. 없던 일로 해 줄게. 그래, 서로 잘못한 셈이니 그냥 잊는 거야. 내 상처는 그냥 내가 실수로 다친 걸로 할게. 어때? 괜찮지? 너도 위험을 감수할 필요가 없어. 그런 말도 안 되는 설정이 먹힐 거 같아? 나 성도 김 씨야!"

애써 침착함을 유지하던 김지환이 결국 두려움을 이기지 못하고 소리를 질렀다.

그의 말대로다.

성도 김 씨인 김지환을 죽이는 건 나에게도 꽤 위험한 도박이다.

하지만 때로는 대담한 결정을 내려야만 한다.

"내가 선을 넘지 말라고 했던 말 기억하지?"

"그놈의 선 타령 좀 그만해. 미안해. 내가 미안하다고! 그러니까 여기까지만 하자. 없던 일이 될 수 있어."

"난 그렇게 생각하지 않아."

마지막이니까 친절하게 설명해 주자.

"세상에는 두 가지 유형의 사람이 있어. 적당히 선을 지키며 경쟁하는 사람과 자기 멋대로 폭주하는 인간. 전자의 경우 자비를 베풀 수 있어. 서로 선을 넘지 않으니 복수하러 오는 경우도 드물지."

그래서 암부의 살수는 살려 준 것이다.

녀석은 돈을 받고 일하는 사람일 뿐이니까.

아마 녀석은 평생 나를 두려워하며 삶을 살 것이다.

그런 성향의 사람은 대부분 복수의 칼날을 갈 생각 따위 하지 못한다.

"하지만 너 같은 놈은 달라. 어떻게든 복수를 하려고 들지."

회귀 전, 나는 마음이 약했다.

나에게 칼을 겨눈 사람이라도 잘못했다고, 다시는 이런 일이 없을 거라며 빌면 나는 자비를 베풀어 주었었다.

살려 준 것에 감사하며 앞으로는 내 편이 되어 줄 거라는 안일한 생각을 하면서 말이다.

하지만 몇몇 인간들은 내 생각 이상으로 잔혹했다.

김지환 같은 인간들은 자기가 한 짓은 생각도 하지도 않으며 당한 것을 복수하겠다며 방방 뛴다.

분명 복수를 하겠다며 언젠가 나를 공격해 올 것이다.

아니, 수시로 공격해 오겠지.

회귀 전, 그렇게 몇 번 뒤통수를 맞고 나서 깨달았다.

암묵적 규칙을 지키지 않는 자들은 용서할 필요가 없다는 것을 말이다.

"내가 아린이는 건들지 말라고 했잖아. 아린이를 여기로 데리고 와 네가 무슨 짓을 하려고 했는지는 물을 필요도 없겠지."

정조(貞操)를 지키는 것이 중요한 세상이다.

김지환은 그것을 이용하려고 했다.

"기껏 생각한 게 그런 더러운 짓이냐?"

"아, 아니야. 그럴 생각 없어서. 앞으로는 그럴 생각은 없고. 절대 복수도 하지 않을 거야. 절대로. 그러니까 제발……."

나의 살기에 김지환이 울먹이기 시작했다.

하지만 여기까지 와서 봐줄 수는 없다.

이미 나와 김지환의 관계는 돌이킬 수 없다.

"그 말을 너무 많이 믿었었어."

나는 검을 김지환의 목으로 가져갔다.

"미안하지만 나도 이번 생은 실수하면 안 돼서."

스윽.

살짝만 그었음에도 김지환의 목이 반쯤 잘려 나갔다.

피가 터져 나오며 김지환의 입술이 파르르 떨렸다.

이렇게 죽을 줄은 몰랐을 거다.

찬란한 미래를 꿈꾸었겠지.

하지만 죄책감은 없다.

어차피 죽는 것이 도움이 되는 놈이니까.

나는 검에 묻은 피를 닦아 낸 뒤 뒤를 돌아봤다.

전가은이 부하들과 도착해 있다.

"처리 좀 잘해 주세요. 최대한 실종으로 처리할 생각입니다. 혹시나 성도에서 캐기 시작한다면 제가 말한 대로 임무에 실패한 암부의 살수와 의뢰비를 두고 말싸움하던 중 죽은 거로 몰아가 주세요."

"그렇게 하겠습니다."

"아, 그리고 단장님에게는 김지환이 아린이를 범하려고 해서 제가 죽였다고 솔직하게 말해도 됩니다."

그렇게 되면 딸 바보인 유현성이 알아서 잘해 줄 것이다.

죽어 마땅한 놈이라고 생각할 테니 말이다.

"네."

"그럼 부탁합니다."

난 전가은의 어깨를 툭툭 친 뒤 개울가로 향했다.

일단 피부터 씻자.

전가은은 멀리서 서하의 행동을 지켜보았다.

몇 마디를 나눈 뒤 망설임 없이 목을 긋는다.

솔직히 충격적이었다.

자신을 죽이려 달려든 살수를 베는 것, 그리고 마수를 베는 것은 이상한 일이 아니다.

무사가 되기로 한 이상 언젠가 살인을 해야 하니 말이다.

하지만 같은 학교에 다니는 학생을 죽이는 것은 격이 다른 이야기다.

진정한 의미의 살인.

보통 16살이라면 어떤 의미로든 흥분할 수밖에 없는 일이다.

악인이라면 희열로 흥분하고, 선인이라면 죄책감에 무너진다.

하지만 이서하는 아무렇지 않았다.

그저 덤덤하게 목을 베고 일어나 확실한 지령을 내려왔다.

'분명 한 달도 만나지 않은 평민이 죽었다고 울던 사람이다.'

이서하는 비고를 발견하고 은악의 사람들을 구했음에도 희생자들을 위해 눈물을 흘리던 사람이다.

따뜻한 성향의 사람이라고 생각했다.

전가은이 본 이서하는 좋은 사람이지만 한계가 명확해 보였다.

능력 있고 따뜻한 사람은 단명한다.

법의 바깥에서 수단과 방법을 가리지 않는 자들에게는 이길 수 없기 때문이다.

하지만 오늘 본 이서하는 그 누구보다 차가웠다.

손에 묻은 피를 어깨에 슬쩍 닦을 때의 그 눈빛은 소름이 돋을 정도였다.

'어떤 모습이 진짜일까?'

피 한 방울 흐를 거 같지 않은 오늘의 모습이 진짜일까?

책임감에 짓눌려 울던 그날의 모습이 진짜일까?

전가은이 고민하는 사이 그녀의 부하들이 다가왔다.

"어떻게 처리할까요?"

"옷을 전부 벗기고 추를 매달아 강 하류에 버린다. 목격자는 전부 제거해라."

"네."

팔각정을 깔끔하게 정리한 부하들이 사라지고 전가은은 생각에 빠져 있었다.

이서하.

그냥 변수는 아니다.

'단장 선생님은 무리해서 제거하는 것보다는 살려 두는 것을 택하셨지만……'

살려 둬도 되는가?

그 어떤 사람보다 거물이 될 자질을 가진 아이를.

'시간이 더 지나면 건드릴 수 없는 존재가 될 수도 있다.'

하지만 판단은 전가은이 내릴 일이 아니다.

그녀는 그저 위의 명령을 따르며 얻은 정보를 전할 뿐.

이서하의 뒷모습을 한참 동안 바라보던 전가은은 어둠 속으로 사라졌다.

◆ ◈ ◆

"아……. 뭐야? 손에도 묻었네."

나는 무심코 손바닥을 바라보다 김지환의 피가 묻어 있다는 것을 알아차리고 전가은을 바라봤다.

그녀는 아무 일 없다는 듯 후암의 단원들과 시체를 처리하고 있었다.

"이거 손 닦은 것처럼 되어 버렸는데."

그럴 의도는 아니었는데 말이다.

"뭐 어쩌겠어?"

가면을 쓰고 있어서 표정도 못 보고 말이야.

그럴 의도가 아니었다고 변명하는 것도 이상하니 그냥 가자.

그렇게 개운치도, 무겁지도 않은 마음으로 나는 발걸음을 옮겼다.

다음 날.

성무대전의 아침이 밝았다.

소성무대전은 수석으로 입학한 김준성이 가져갔다.

태인 가문의 바로 그 개념 없는 친구다.

국왕 전하가 자리에 없었기에 바로 소원을 말할 수는 없었다.

나와 상혁이 때가 이례적이었다.

보통 국왕 전하는 형식적으로 대성무대전 결승만 딱 보고 바로 다른 곳으로 이동했으니 말이다.

게다가 작년보다 수준이 크게 떨어졌기에 관중들도 많지 않았다.

하지만 곧 대성무대전 4강이 시작되기에 하나둘 자리가 채워지기 시작했다.

첫 대결은 상혁이와 박민아였다.

쉬운 상대는 아니지만 상혁이가 이길 것이다.

박민아도 약한 편, 아니, 사실 저 나잇대 최강자라고 볼 수 있지만 나와 상혁이, 그리고 아린이는 이미 다른 경지를 보여 주고 있으니 말이다.

이후 이어지는 경기에 출전하는 나는 무대 바로 옆에서 관람할 수 있었다.

시합이 시작되기만을 기다릴 때 박민아가 나에게 다가오며 말했다.

"오랜만이다. 청신의 꼬마."

"한 살 차이밖에 안 나는데 꼬마는 좀 그렇지 않습니까?"

"한 살 차이가 얼마나 큰데? 내가 너보다 밥을 먹어도 몇 공기나 더 먹었겠니?"

"저 하루 네 끼 먹습니다. 그럼 제가 더 먹었을걸요?"

"……그런가?"

아니, 거기서 인정하지 말라고.

"어쨌든 너 민주가 좋아하는 사람이 누군지 알고 있었지?"

"네?"

"나랑 싸우는 저 친구잖아. 안 그래?"

어떻게 알았지?

아니, 지금까지 몰랐던 것이 더 놀라운 건가?

박민주는 딱히 상혁이를 좋아한다는 사실을 숨기지 않았다.

아니, 정확하게 말하면 나름 숨기려고는 하는데 다 티가 난다고 해야 할까.

어쨌든 박민아가 동생의 마음을 알아차리는 건 기정사실과 같았다.

문제는 이제 그 두 사람이 4강에서 붙어야 한다는 것이다.

나는 순순히 고개를 끄덕여 주었다.

박민주가 상혁이를 좋아하는 게 상혁이 잘못은 아니지 않은가.

"네, 그렇습니다. 저 친구가 민주가 짝사랑하는 대상입니다. 둔감해서 눈치는 못 챈 거 같지만요."

"둔감하다고? 여자 셋은 옆에 끼고 다닐 거 같이 생겼는데."

"저 친구의 과거를 살펴본다면 그럴 수 없었을 거라는 것쯤은 알 수 있을 겁니다."

"그럴까? 이번에 실력을 보면 알겠지."

박민아는 나에게 검지를 내밀며 말했다.

"나를 못 이기면 민주는 못 데리고 간다고 전해."

"……."

저기요.

민주가 상혁이를 좋아하는 거지 그 반대가 아닌데요.

그렇게 대답하기 전에 박민아는 이미 무대 위로 올라갔다.

그리고 나의 옆으로 아린이가 다가오며 말했다.

"어제는 어떻게 됐어? 방에 가 있으라고 해서 방에 가 있긴 했는데."

"잘 처리했어. 이제 김지환이 귀찮게 구는 일은 없을 거야."

난 어제 일을 떠올린 뒤 작게 한숨을 내쉬었다.

죽이는 것이 맞다.

싹을 보면 그 사람이 어떻게 커질지를 안다.

아니, 싹을 보지 않아도 애초에 나는 그의 미래를 보았다.

이 세상에 도움이 되지 않는 인물이기에 김지환은 죽어도 상관없다.

그렇기에 죽였다.

'두 번은 실패할 수 없어. 절대로.'

회귀하기 전부터 스스로 정한 절대적 신념이었다.

권리에는 의무가 따르는 법.

두 번 살 수 있다는 특권을 가지고 있기에 그만큼 책임도 져야 한다.

그러기 위해 첫 번째 인생에서 실패할 수 있는 모든 것을 실패했다.

그러니까 이번에는 실패할 수 없다.

이미 작은 실패 몇 번을 했으나 그렇기에 더 독하게 마음을 먹어야 한다.

지금보다도 나는 더 잘해야만 한다.

나는 이 세계의 유일한 희망이니까.

"지금부터 대성무대전을 시작하겠습니다!"

상혁이와 박민아가 무대 위로 올라가고 어느새 만석이 된 관중석에서는 환호성이 나왔다.

나는 무표정하게 두 사람을 바라보았다.

누가 올라오든 이번에는 내가 우승할 생각이다.

상혁이가 올라오더라도 난 상혁이의 가장 강력한 경쟁자로서, 그리고 그의 가장 친한 친구로서 어깨를 맞대고 올라가야 한다.

"그럼 방학 동안 키운 실력 좀 보자. 상혁아."

박민아는 좋은 비교 대상이 될 것이다.

그녀는 이미 상급 무사와 견줄 수 있을 만큼의 실력을 쌓았다고 알려진다.

모든 기대감이 무대 위의 두 사람을 향하고…….

"그럼 시작!"

대성무대전 4강이 시작되었다.

한상혁은 박민아를 보자마자 꾸벅 인사했다.

"안녕하십니까? 선배님!"

친구인 박민주의 언니였으며 성무학관의 선배, 거기다 신평의 차기 가주라는 말이 나올 정도로 뛰어난 인재였으니 예를 다한 것이다.

하지만 돌아온 반응은 차가웠다.

"……가까이서 보니까 더 별로인데. 뭐가 좋은 건지. 참."

"네?"

"아니야. 실력 좀 보자."

박민아가 먼저 자세를 잡고 상혁은 긴장한 듯 침을 삼켰다.

'얼마나 강할까?'

상혁은 저번 성무대전에서 박민아의 경기를 볼 수 없었다.

대성무대전을 관람하기에는 소원을 빈 뒤에 해야 할 일이 너무나도 많았다.

바로 은악에 대한 정보를 찾아 공부하고 또 어떻게 할지 서하와 상의했으니까.

'서하와 아린이는 정상적인 무사 지망생이 아니야.'

한상혁이 아무리 눈치가 없다고 한들 이서하와 유아린을 평범한 무사라고 생각하지는 않았다.

그렇기에 상혁은 자신의 실력을 정확하게 판단할 수 있는 비교 대상이 없었다.

한영수나 주지율 같은 아이들과 비교할 수는 있었으나 그들은 최고로 평가되지 못했다.

이제야 또래 중 최강자와 붙어 볼 수 있다.

자기 자신을 냉정하게 평가할 수 있으리라.

"한 수 배우겠습니⋯⋯!"

상혁의 말이 끝나기도 전에 박민아의 살기가 뿜어져 나왔다.

동시에 시작을 알리는 징 소리가 울렸고 박민아가 상혁을 향해 달려들었다.

"윽!"

갑작스러운 공격보다도 박민아의 살기가 상혁을 당황하게 했다.

박민아는 처음부터 전력이었다.

'실력이 좋지 않으면 밟아 버린다.'

동생의 남편감은 문무양도를 겸비한 대가문의 자제로 선별 중이었다.

궁술을 배운 동생을 위해 아버지를 설득해 어떻게든 학교는 계속 다니게 했으나 그로 인해 이상한 남자를 만나는 건 사양이었다.

'1년간 얼마나 성장했는지 보여 줘라.'

1년 전의 실력 그대로라면 박민아의 낙승이다.

박민아는 거칠게 몰아쳤다.

상혁은 당혹스러운 얼굴로 박민아의 공격을 받아 내고 있었다.

쌍검을 들고 있는 상혁이 언월도를 막기 위해서는 두 검을 겹쳐 양손으로 막는 수밖에는 없다.

양손 무기와 한 손 무기의 근력 차이 때문이다.

그 때문에 천뢰쌍검의 장점인 속공을 활용할 수 없는 것처럼 보였다.

'나아진 게 없다.'

박민아는 실망한 얼굴로 검을 맞대고 말했다.

"고작 이 정도야?"

"그게……"

상혁은 당혹스러운 얼굴로 말했다.

"제대로 해도 괜찮겠습니까?"

"뭐?"

"그럼 제대로 하겠습니다."

그 순간 힘 싸움을 하던 상혁이 검 하나를 뗐다.

당황한 박민아는 그 믿을 수 없는 광경을 바라보고만 있었다.

두 손으로도 힘겹게 막고 있던 것이 아닌가?

'이게 무슨……'

신평월도법은 엄청난 외공으로 적을 압도하는 무공이다.

방어하면 상대의 무기까지 일도양단한다는 마음으로 수련하는 무공.

그런데 쌍검술에 힘으로 밀린다?

한 손이 자유로워진 상혁은 검을 휘둘렀고 박민아는 화들짝 놀라 퇴보를 밟았다.

하지만 속도는 원래 천뢰쌍검이 더 우위에 있다.

"크흑!"

박민아는 언월도의 중간을 잡고 봉처럼 활용하며 들어오는 공격을 막아 보려 했으나 역부족이었다.

애초에 천뢰쌍검과 속도전을 붙기 시작한 이상 신평월도법을 수련한 박민아에게는 승산이 없었다.

이윽고 상혁은 박민아의 손목을 쳐 무기를 떨어트리게 만든 뒤 목에 검을 가져갔다.

거친 숨을 몰아쉬는 박민아.

장내도 모두 숨을 죽였다.

신평의 박민아가 이토록 허무하게 질 거라고는 아무도 예상하지 못한 것이다.

그리고 무엇보다 크게 당황한 것은 한상혁이었다.

'뭐야?'

박민아는 김지환과 함께 3학년 최강자 중 하나다.

성무학관 최강자는 왕국 최고의 재능이라고 할 수 있었다.

하지만 너무나도 쉬웠다.

집중할 필요도 없었다.

박민아의 공격은 생각보다 무겁지 않았고 속도는 너무 느려 하품이 나올 정도였다.

그렇기에 당혹스러운 표정까지 지은 것이다.

너무나도 약했기에.

'아니……'

상혁은 서하를 힐끗 보며 생각했다.

'내가 너무 강한 거다.'

자만이 아닌 스스로를 인정한 것이다.

그리고 또 한 가지 사실을 알아차렸다.

'그리고 서하와 아린이는 더 강하다.'

하지만 자신감은 생겼다.

그동안 서하와 아린이를 따라잡기 위해 하던 것들이 전부 틀린 일은 아니었다는 것이 고무적이다.

상혁은 검을 내리고 꾸벅 고개를 숙였다.

"감사합니다."

형식적인 인사에 박민아는 인상을 찡그렸고 심판이 외쳤다.

"승자! 2학년 한상혁!"

◆ ◆ ◆

내 예상대로 상혁이가 압도적으로 이겼다.

박민아가 약한 것은 아니다.

그녀도 지금 당장 중급 무사는 될 수 있을 실력이니 말이다.

하지만 패배한 박민아에게 그런 사실은 위로가 되지 않았다.

"으아아아아!"

박민아는 분한 감정을 숨기지 않았다.

언월도를 집어 던진 그녀는 서하를 발견하고는 한숨을 내쉬며 말했다.

"쟤 뭐야?"

"한상혁이요. 작년에도 보셨으면서."

"아니, 작년이랑은 완전 다른 사람이잖아."

"그렇겠죠. 작년에는 천뢰쌍검을 제대로 수련한 지 몇 달도 되지 않고 나온 거니까."

"몇 달?"

박민아는 심각한 얼굴로 박민주와 대화하는 한상혁을 바라봤다.

"몇 달 만에 그 정도였다고?"

"놀랍죠? 저도 가끔 놀랍니다. 저 녀석이 언제까지 저렇게 성장할 수 있을지. 그래서 민주한테는 어울린다고 생각하십니까?"

"……"

나로서는 박민주와 상혁이가 잘 풀리면 좋다.

311

혹시라도 신평과 나의 사이가 안 좋아지더라도 박민주는 상혁을 따라 나의 편이 되어 줄 테니 말이다.

'그렇게 생각하면 나랑 이건하랑 비슷한 건가?'

이건하가 그 작전으로 강무성을 이용했었다.

그렇게 씁쓸한 미소를 짓고 있을 때 박민아가 말했다.

"실력은 인정해야지."

예상외로 호의적인 대답이 나왔다.

"하지만 마음도 없이 민주를 가지고 놀면 무슨 수를 써서라도 죽여 버릴 거야. 그렇게 전해. 알았어?"

"그러죠."

박민아는 혀를 차며 사라졌다.

"어디 가십니까? 제 경기 안 보세요?"

"폐관 수련할 거야!"

아무리 그래도 진 게 억울하긴 한가 보다.

박민아도 한다면 하는 사람이었으니 아마 오늘 당장 폐관 수련에 들어갈 것이다.

필요하면 영약도 최대한 복용하면서 말이다.

절대로 지고는 못 사는 사람이니까.

어쨌든 이제는 내 차례다.

사회자가 바로 선수 소개를 시작했고 나는 구호에 맞추어 비무장 위로 올라갔다.

그리고 그때 누군가가 달려와 사회자의 귀에 대고 속삭였다.

내용은 엿듣지 않아도 알 수 있다.

김지환이 아직 도착하지 않았다는 것이겠지.

사회자는 난감한 얼굴로 말하다 나에게 다가와 말했다.

"아직 김지환 생도가 도착하지 않아 일각 정도 대기하겠습니다. 괜찮으시겠습니까?"

"네, 늦을 수도 있죠."

일각.

성무대전의 규정에 따라 일각 이상 지각하면 몰수패를 당하게 된다.

나는 무표정하게 앉아 오지 않을 김지환을 기다렸다.

웅성거리는 관중의 소리.

당황한 상혁이의 얼굴.

그리고 화가 난 듯 소리치며 부하들에게 명령을 내리는 성도 김 씨의 사람들.

그렇게 정신없이 일각이 지나가고 사회자가 말했다.

"김지환 생도의 지각으로 승자는 이서하 생도로 결정되었습니다!"

나는 작게 한숨을 쉬며 일어났다.

안도하는 것처럼 연기하는 것이다.

'이제 난리가 나겠지.'

아마 성도 김 씨에서는 전날부터 김지환을 찾고 있었을 것이다.

성무대전을 앞두고 스스로 나타나 주기를 바랐겠지만, 몰수패를 당한 지금 무언가 잘못되어도 한참 잘못되었다는 것을 확신했을 터.

'아마 역추적에 들어가겠지.'

김지환의 동선을 역추적해 어떻게든 그를 찾아내려고 할 것이다.

하지만 찾을 수 없다.

후암이 처리했으니 만에 하나라도 꼬리가 밟힐 일은 없다.

'의심은 하겠지.'

암부에 연락이 들어간다면 나를 의심할 것이다.

하지만 증거가 없이는 몰아세우지 못할 것이다.

'폭풍이 불어오겠군.'

그렇게 생각을 마친 나는 반갑게 맞이하는 아린이를 보며 미소를 지었다.

"슬슬 시작되는구나."

신태민과 신유민.

4대 가문. 암부와 은월단.

점점 주역들이 내 주변으로 모여 가고 있었다.

'일단은 성무대전 우승부터 해야지.'

천릿길도 한 걸음부터라고 하지 않던가.

첫걸음부터 멋지게 내디뎌 보자.

◆ ◇ ◆

서하의 예상대로 성도 김 씨 가문은 난리가 났다.

"그래서 아직도 지환이를 못 찾았다고?"

성도 김 씨의 식솔들은 수도 천일을 샅샅이 뒤졌다.

하지만 김지환의 행방을 아는 자는 없었다.

김지환의 아버지이자 현 가주인 김성필은 살벌한 얼굴로 머리를 감싸 쥐고 있었다.

어렵게 얻은 아들이었다.

난임을 겪은 정부인이 겨우 하나 낳은 아들이었다.

운이 좋게도 그 아이는 건강하고 똑똑했으며 자신을 똑 닮았다.

눈에 넣어도 아프지 않다는 말이 단번에 이해가 될 정도로 사랑스러운 아이였다.

암부, 성도, 그 외의 많은 재물과 무사들.

김성필은 자신이 가진 모든 것을 천천히 아들에게 전부 줄 생각이었다.

그런데 사라져 버렸다.

자신의 전부가 사라져 버렸다.

"……쓸모없는 새끼."

"죄, 죄송합니다……!"

부하가 벌벌 떨며 고개를 드는 순간 김성필이 그의 목을 베고는 말했다.

"다음 보고는 한 시진 뒤다. 전부 움직여."

"넵!"

부하들이 나가고 김성필은 초조하게 주먹을 쥐었다 펴기를 반복했다.

그리고 그때였다.

한 남자가 김성필의 앞으로 걸어왔고 그를 말리기 위해 많은 무사들이 달려들었으나 김성필은 손을 들어 말렸다.

"천우진. 수도에서 그렇게 대놓고 얼굴을 드러낸 채 돌아다닐 입장은 아닐 텐데 말이야."

"잘 가리고 다니니까 걱정하지 마쇼."

우상검객 천우진이었다.

그는 삿갓을 벗고는 김성필의 앞에 서서 말했다.

"그보다 오늘은 내가 그쪽이 원하는 정보를 가지고 왔수다."

"원하는 정보?"

"당신 아들의 상황 말이요."

김성필은 표정을 굳히며 자세를 고쳐 앉았다.

"어서 말해 봐라."

"당신 아들은 아마도 죽었을 겁니다."

"……."

예상은 하고 있었으나 직접 듣는 것은 충격이 달랐다. 김성필은 핏줄이 터질 정도로 눈을 부릅뜬 채로 물었다.

"······어떻게, 누구에게 죽었는지를 말하라."

"어떻게는 모르겠고. 누구에게 죽었는지는 대충 알고 있지요."

천우진은 빙긋 웃으며 말했다.

"당신 아들을 죽인 건 십중팔구 청신의 이서하일 겁니다."

"증거는?"

김성필은 흥분한 상태에서도 감정적으로 움직이지 않았다.

대가문의 가주는 아무리 흥분한 상태에서도 결코 가벼이 행동할 수 없다.

"당신 아들이 암부를 이용해 이서하를 손봐 주려다 사라졌으니 그 범인이 누구겠습니까? 이서하 아니면 이서하를 지켜 주는 누군가겠죠."

"······."

김성필은 침묵을 지켰다.

천우진의 말은 아마 사실일 것이다.

암부의 단주인 예담에게 물어본다면 쉽게 확인 가능한 내용이니 말이다.

그리고 만약 정말로 아들이 암부의 살수들을 이용해 이서하를 공격하려 했다면 그 반격으로 죽었을 가능성도 충분했다.

청신의 이서하.

당장이라도 죽여 버리고 싶다.

지금이라도 최고수들을 불러 모아 이서하를 끌고 오게 만든 뒤 직접 도륙을 내 버리고 싶었다.

하지만 순서는 지켜야만 한다.

"그래. 그럼 네 말이 사실인지 확인한 뒤 이서하를 처리하도록 하지. 그럼 이제 원하는 걸 말해 봐라."

천우진이 아무런 보상도 없이 이런 정보를 줬을 리가 없다.

물론 그가 원하는 건 돈일 것이다.

천우진의 방탕한 생활은 아는 사람은 다 아는 사실이었다.

하지만 천우진의 대답은 달랐다.

"내가 원하는 건 하나입니다. 이서하를 건드리지 마세요."

"건드리지 말라고?"

"내가 죽일 거니까."

천우진은 분노한 김성필을 향해 빙긋 웃어 보였고 김성필은 무표정하게 되물었다.

"그게 다인가?"

"그게 다입니다. 내가 죽이기 전까지는 손대지 마쇼. 그럼."

밖으로 천우진을 바라보던 김성필은 한숨과 함께 외쳤다.

"목은 나에게 가져와야 한다."

"그 정도야 해 줄 수 있지."

천우진이 시야에서 사라지고 김성필 부하들에게 말했다.

"천우진의 말이 사실이라는 전제로 조사를 시작해라. 알아내는 건 전부 가져와. 호위도 필요 없다. 전부 움직여."

"전부 말입니까?"

"그래, 전부."

그렇게 호위까지 모든 이들이 나가고 김성필은 고개를 숙였다.

아들의 모습이 떠오른다.

그렇게 빈방에서 김성필은 분노를 곱씹었다.

만약 천우진의 말이 맞다면.

그렇다면······.

"그 새긴 내가 죽여야지."

처음부터 천우진에게 양보할 생각은 없었다.

〈5권에 계속〉

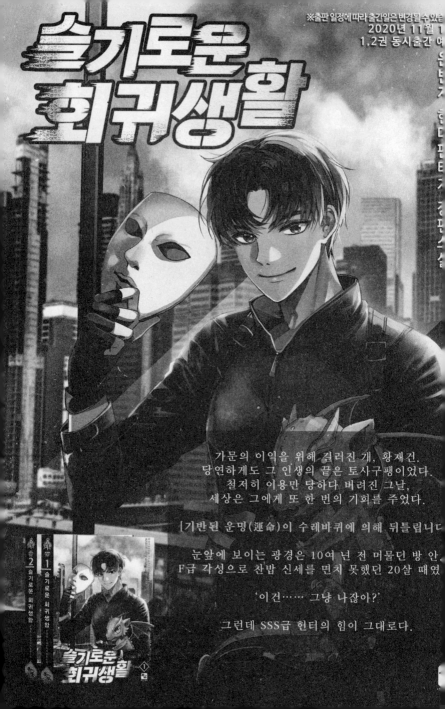

슬기로운 회귀생활